AF202504

Tucholsky Wagner Zola Sydow Freud Schlegel
Turgenev Wallace Fonatne
Twain Walther von der Vogelweide Fouqué Friedrich II. von Preußen
Weber Freiligrath Frey
Fechner Fichte Weiße Rose von Fallersleben Kant Ernst Frommel
Richthofen
Engels Fielding Hölderlin
Fehrs Faber Flaubert Eichendorff Tacitus Dumas
Eliasberg Ebner Eschenbach
Feuerbach Maximilian I. von Habsburg Fock Eliot Zweig
Ewald Vergil
Goethe Elisabeth von Österreich London
Mendelssohn Balzac Shakespeare
Lichtenberg Rathenau Dostojewski Ganghofer
Trackl Stevenson Doyle Gjellerup
Mommsen Tolstoi Hambruch
Thoma Lenz Hanrieder Droste-Hülshoff
Dach Verne von Arnim Hägele Hauff Humboldt
Reuter Rousseau Hagen Gautier
Karrillon Garschin Hauptmann
Damaschke Defoe Hebbel Baudelaire
Descartes Hegel Kussmaul Herder
Wolfram von Eschenbach Dickens Schopenhauer Rilke George
Bronner Darwin Melville Grimm Jerome Bebel Proust
Campe Horváth Aristoteles
Bismarck Vigny Barlach Voltaire Federer Herodot
Gengenbach Heine
Storm Casanova Tersteegen Gilm Grillparzer Georgy
Chamberlain Lessing Langbein Gryphius
Brentano Lafontaine
Strachwitz Claudius Schiller Kralik Iffland Sokrates
Katharina II. von Rußland Bellamy Schilling
Gerstäcker Raabe Gibbon Tschechow
Löns Hesse Hoffmann Gogol Wilde Gleim Vulpius
Luther Heym Hofmannsthal Klee Hölty Morgenstern
Roth Heyse Klopstock Kleist Goedicke
Luxemburg Puschkin Homer Mörike
La Roche Horaz Musil
Machiavelli Kierkegaard Kraft Kraus
Navarra Aurel Musset
Nestroy Marie de France Lamprecht Kind Kirchhoff Hugo Moltke
Laotse Ipsen Liebknecht
Nietzsche Nansen
Marx Lassalle Gorki Klett Ringelnatz
von Ossietzky Leibniz
May vom Stein Lawrence Irving
Petalozzi
Platon Knigge
Sachs Pückler Michelangelo Kock Kafka
Poe Liebermann Korolenko
de Sade Praetorius Mistral Zetkin

Der Verlag tredition aus Hamburg veröffentlicht in der Reihe **TREDITION CLASSICS** Werke aus mehr als zwei Jahrtausenden. Diese waren zu einem Großteil vergriffen oder nur noch antiquarisch erhältlich.

Symbolfigur für **TREDITION CLASSICS** ist Johannes Gutenberg (1400 — 1468), der Erfinder des Buchdrucks mit Metalllettern und der Druckerpresse.

Mit der Buchreihe **TREDITION CLASSICS** verfolgt tredition das Ziel, tausende Klassiker der Weltliteratur verschiedener Sprachen wieder als gedruckte Bücher aufzulegen – und das weltweit!

Die Buchreihe dient zur Bewahrung der Literatur und Förderung der Kultur. Sie trägt so dazu bei, dass viele tausend Werke nicht in Vergessenheit geraten.

Prokopus

Adalbert Stifter

Impressum

Autor: Adalbert Stifter
Umschlagkonzept: toepferschumann, Berlin

Verlag: tredition GmbH, Hamburg
ISBN: 978-3-8424-1242-2
Printed in Germany

1. Am Morgen

Durch das Haupttal der Fichtau, in welchem die Perniz fließt, ging einmal ein großer Zug von Männern und Frauen. Der Weg war damals keine Straße, auf welcher schöne Wägen gehen können – eine solche ist er noch heutzutage nicht-, aber damals war der Pfad so schmal und uneben, daß nicht einmal jene Gebirgswägelchen auf ihm hätten fahren können, mit denen er in unsern Zeiten sozusagen bedeckt ist. Deshalb saßen alle jene Männer und Frauen auf ihren Pferden und ritten auf dem Pfade dahin. Die Tiere gingen eines hinter dem andern, außer wo der Weg sich etwa zufällig erweiterte und sie sich zu zweien gesellen konnten, wenn ihre Reiter etwas miteinander zu reden oder sich sonst einen Beistand zu leisten hatten.

Wenn man in jenen Tagen ein Ding durch die Fichtau bringen wollte, mußte es gesäumt werden. Die Bergdachungen zu beiden Seiten gingen mit Wald bedeckt bis an das Wasser nieder, in dem sie sich netzten. Die Perniz rauschte an dem Wege, und es lagen in ihren Gewässern noch manche Marmorblöcke aus dem Reviere der Fichtau, welche man später weggeräumt hatte, um Platz zu gewinnen oder um etwas Nützliches und Notwendiges aus ihnen zu machen.

Es glänzte ein heiterer Morgen auf dem ganzen Walde, da der Zug ging, alles war erfrischt und manches nasse Zweiglein, das an dem Wege stand, streifte die Füße eines Pferdes oder das Gewand eines Reiters.

Sie hatten alle die Tracht, die gegen das Ende des siebzehnten Jahrhunderts gebräuchlich war. Die Männer hatten keine Harnische mehr an, noch hatten sie irgendein anderes Eisenwerk an sich, wohl aber trugen sie an ungeheuren bauschigen Schärpen, die um das Lederkoller hingen, die Schwerter der damaligen Zeit. In den Halftern des Sattels steckten sehr große, ungeschlachte Pistolen, und auf dem Haupte war der breitkrempige Hut mit der niedergehenden, wallenden Feder. Manche hatten gleich mehrere solcher Federn, daß sie wie ein nickender Haufen auf dem großen Rund des Hutes saßen oder von demselben wie ein Schneefall herniedersanken. An den Stiefeln, deren Mündunge oft kahnförmig um den Fuß gingen.

waren die großrädrigen Sporen jener Zeit. Die Frauen hatten klappige Häubchen auf dem Kopfe, gesteifte Ärmel, dünne Leiber, dann weiter unten allerlei Böschungen und endlich das glänzende niederfallende Reitkleid. Bei verschiedenen waren goldflinsernde und manchmal eine schönere seidene Blumen darauf gestickt.

So bewegte sich der Zug auf dem Pfade dahin.

Da er um die Biegung eines Hügels kam, erweiterte sie hinter diesem das Tal, und es ging der Weg in einen ebenen, gleichsam geplätteten Raum auseinander, auf dem viele Pferde und Menschen und andere Dinge hätten stehen können. Auf diesem wohlgestampften Platze am Rande der hohen, düsteren Tannen und Fichten, wo der schäumende weiße Gießbach aus der dunkeln Rinne des Grahnsberges hervorstürzt, stand das Wirtshaus des Tales, die grüne Fichtau geheißen, und sah mit seinen beiden übereinander befindlichen Fensterreihen auf die beschriebene Gasse heraus. Es war aus Holz gezimmert, hatte auf dem Erdgeschosse ein Stockwerk und dann ein sehr flaches Gebirgsdachf auf dem graue Steine lagen, darunter auch manch roter aus de Marmor der Fichtau. Das Haus ging mit seinen Schoppen und Scheunen gleich in die Tiefe des Waldes zurück. Sonst war kein Gebäude oder eine Hütte zu sehen. Auf der Wirtshausgasse gegen den Wald hin, wo von großen Tannen, die auf einem Steingewände standen, noch die langen Morgenschatten fielen, war ein Tisch, er war aus mehreren aneinandergestoßenen gefügt, mit frischen Linnen bedeckt und mit Geschirren, Gläsern und Flaschen beladen. Um den Tisch waren Stühle und Bänke, wie sie das Fichtauer Wirtshaus vermochte. An dem Saume des Gehölzes standen mehrere Menschen, die man gleich an ihren Gewändern erkannte, daß sie aus der Fichtau zusammen gekommen waren. Sie hielten sich ruhig, als warteten sie auf etwas. An der andern Seite des großen Platzes, schon gegen die Stallungen zurück, standen Packpferde, die aneinandergebunden waren, und auf der Erde lagen Ledersäcke, aus denen bereits manches gepackt wurde.

Als die Reiter gegen dieses Haus kamen und über die Brücke des Waldbaches hervorgeritten waren, schwenkten sie sämtlich auf die Gasse der grünen Fichtau hinzu und blieben dort stehen. Die Männer sprangen hierauf von den Pferden und halfen auch den Frauen herunter. Die Tiere wurden den Dienern und solchen zur Obhut übergeben, welche unter der Gesellschaft im Trosse geritten waren.

Während sich die andern noch mit ihren Pferden und Kleidern beschäftigten, trat ein junger Mann aus der Gesellschaft gegen den Tisch hinvor. Er war sehr schön gekleidet. Er legte den schwarzen Filzhut mit weißer dichter Feder auf einen Stuhl, und wie diese Kopfbedeckung von seinen Zügen, die sie beschattet hatte, weg war, gewannen diese gleichsam Licht und zeigten, daß er sehr jung war und eine Schönheit besaß, die fast zur Bewunderung hinriß. Es war um die Lippen und das Kinn der Anfang eines dunklen Bartes, von dem Haupte fielen schwarze Locken, und die Augen unter der klaren Sinne waren von einer Größe, wie man sie selten bei Männern findet, und sie ware ebenfalls ganz dunkel wie die Haare.

Er hatte an seiner Hand ein Mädchen gegen den Tisch geführt, welches ebensoschön gekleidet war wie er und mit blauen Augen aus einem schönen, sanken Angesichte sah.

»Siehst du, Gertraud«, sprach er zu ihr, »das ist die grüne Fichtau, wie ich dir gesagt habe, das älteste Haus in den ganzen Bergen, weit älter als der Rothenstein. Lege den Mantel ab, liebe Gertraud. So. – Ich sage dir, da mögen sogar die Avaren und Bojer schon einen Lagerplatz für ihre Saumtiere gehabt haben. Dann hat ein Waffen-knecht oder ein anderer eine Hütte gebaut, um die Zugzubehöre unter Dach und Fach zu bringen. Wie oft mußte das Haus erneuert worden sein, da es nur von Holz ist, siehst du, und das Holz keinen so festen Bestandteil abgibt. Als die Männer in das Heilige Land zogen und manchmal ein Zug an der Perniz ging, da lesen wir, wie sie in der grünen Fichtau sich sammelten und ihr Rüstzeug und Eisengeschirr auf die Bänke umher legten. Aus dem Lebensbuche des Ritters Quirinus geht hervor, daß vor zweihundert Jahren das Haus schon die doppelte Fensterreihe gehabt habe, wie jetzt. Es erscheint überhaupt das Haus öfter in de Schriften und Pergamen-ten des roten Saales. Die Bewohner kamen manchmal zu uns hin-auf. und einmal war eine gar Amme auf dem Schlosse, bei dem Sohn des Ritters Ubaldus. Setze dich auf diesen Stuhl, Gertraud, er ist für dich bereitet.«

Das anmutige Wesen ließ sich in dem Stuhle nieder, der ihm angedeutet wurde, und sagte:»Ihr seid sehr gelehrt, mein verehrter Gemahl, und wißt von viele Dingen dieser Erde zu erzählen.«

»O nein, Gertraud. ich bin nicht gelehrt«, antwortete der Jüngling, »und weiß auch nicht viel. Wenn ich aber auch nur etwas Weniges weiß, so ist mein Bernhard schuld, der mir von den Dingen auf der Erde und an dem Himmel erzählte.«

»So wisset Ihr von den Dingen, die in dem Himmel sind, zu erzählen, verehrter Vater?« sagte die junge Frau, indem sie sich auf dem Stuhle umwendete und zu einem Manne aufsah, der eben herzutrat.

Dieser war ein Greis und hatte, ungleich den andern, die meistens in Leder gekleidet waren, einen schwarzsamtnen Oberwurf an, auf den der weiße Bart niederging und über dem der weiße, gegen die Mitte zu kahle Scheitel glänzte.

»Nein, erlauchte Frau«, antwortete er,»von den Dingen, die in dem Himmel sind, weiß ich nichts zu erzählen, sondern nur von den Sternen, die sich außerhalb an demselben befinden und sich bewegen.«

»Nur von den Sternen«, sagte die Frau,»das ist nicht bedeutend.«

»Da wir von dem Innern des Himmels nichts wissen, so ist das von den Sternen doch bedeutend«, antwortete der Greis.

Die übrigen waren indessen auch mit ihren Anordnungen fertig geworden und schickten sich an, zu dem Tische zu kommen. Der Jüngling rief soeben zu der Gesellschaft:»Tretet hieher, Schwiegervater Werner, kommt, verehrte Schwiegermutter, Schwager Rudolph. Freunde, Gäste und Genossen – nehmet das Frühmahl ein, das hier bereitet ist. Mein geehrter Lehrer, Bernhard von Kluen, wird, wie bisher, die Stelle meines Vaters vertreten. Die grüne Fichtau sorgt für alles, was wir und unsere Angehörigen bedürfen.«

Die Männer nahmen die Frauen zierlich bei der Hand und führten sie gegen den Tisch hinvor, wie der Jüngling wenige Augenblicke früher seine junge Gattin hinvor geführt hatte. Die Frauen setzten die Füße leicht und nur mit den Spitzen der Zehen auf den Boden und machten im Gehen sehr kurze Schritte.

Der Jüngling nahm nun den Hut von dem Stuhle, setzte ihn aber nicht auf, sondern behielt ihn in der Hand und blieb stehen, bis alle Paare an den Tisch gekommen waren und die Frauen sich niedergesetzt hatten Dann tat er den Hut auf das Haupt und setzte sich neben seine Gattin. Desgleichen taten auch alle andern Sie warteten, bis die Frauen saßen, dann rückten sie die Stühle und ließen sich neben ihnen nieder.

Da saß nun links von dem Jünglinge sein Schwiegervater, Graf Werner von der Staue, ein Mann mit bereits beginnendem Grau der Haare und mit gebräuntem Angesichte – rechts saß die junge Gemahlin; wir haben schon gesagt, daß sie so feine Wangen und blaue Augen hatte; man bemerkte jetzt, da sie so saß, da ihr Kopfputz anders war als der aller übrigen: sie ha noch nicht das Frauenhäubchen auf, hatte aber auch nicht mehr den gewöhnlichen verschlungenen Kopfputz der Mädchen, sondern auf dem Scheitel war ein sehr kleines Barett, von dem nach hinten ein Schleier hinabging. – Gleich an ihr saß ihre Mutter, fast noch selber eine junge schöne Frau, das gealterte, gemilderte Ebenbild der Tochter. Dann war der alte Bernhard von Kluen, der Schwager Rudolph und Verwandte und Freunde und Genossen des Jünglings. Zwischen jeden zwei Männern saß eine Frau, entweder solche, die wegen Blutsfreundschaft hieher gehörten, oder Gespielinnen oder selbst höhere Dienerinnen der jungen Gattin. Die andern Diener und Knechte mochten im Haus oder hinter demselben irgendwo ihr Frühmahl halten.

Die ganze Zeit her war auf einem freien Platze nich weit von der gedeckten Tafel ein seltsamer Mann gestanden. Er hatte sehr viele schneeweiße Haare, blitzende Augen und ein freundliches Angesicht. Auf dem Leibe trug er ein lodenes Wams, dann Pumphosen bis in die Knie, graue Strümpfe und große Schnallenschuhe. Es war der Wirt der grünen Fichtau. Da sich alle an dem Tische zurechtgesetzt hatten, nahm er das Barett, das er bisher in beiden Händen gehalten hatte, in die rechte Hand, näherte sich dem Tische, tat mit dieser rechten Hand eine leise, kleine Schwenkung seitwärts und sagte:»Lange lebe unser Herr und Graf, der junge Prokopus von Scharnast! Lange lebe seine neue Braut und Gemahlin, die Gräfin

Gertraud von der Staue, welche jetzt die Gräfin Gertraud von Scharnast ist! Lange leben unsre hochgebornen Herren und Gäste und alle, welche mit ihnen in Verbindung und Verwandtschaft stehen!«

Als er diese Worte gesagt hatte, ging er, sein Barett gleichsam wie ein Brieftäschlein in das Wams steckend, zu dem Tische und nahm die Deckel von den Schüsseln, in denen kalte Speisen waren, und legte sie auf die geeigneten Plätze des Tisches umgekehrt nieder. Zu gleicher Zeit, da er mit einem Winke umsah, näherte sich seine Frau und seine Tochter an der Spitze von mehreren Leuten, welche die warmen Speisen trugen. Die Frau war ein schönes, in die ersten Greisenstufen tretendes Weib und die Tochter ein junges, schlankes, herrlich blühendes Mädchen. Sie teilten sich beide in die Arbeit so, daß die Mutter an der einen Seite des Tisches hinaufging und die Aufstellung und Ordnung der Schüsseln besorgte; die Tochter aber an der andern hinab, das nämliche besorgend. Dann gingen sie jedoch wieder beide in das Haus hinein.

Der junge Graf war auf die Anrede des Wirtes ein wenig aufgestanden, hatte mit der Hand gegrüßt und gesprochen: »Wir danken dir, Romanus, für deinen Wunsch, wir hoffen, daß der Rothenstein und die grüne

Fichtau die gute Nachbarschaft bewahren werden, in der sie bisher gestanden sind, kommt manchmal hinauf zu uns, so wie wir hier einsprechen, wenn uns der Weg durch das Tal führt, und lebe gleichfalls noch recht lange, und freue dich deines rechtschaffenen Weibes und deiner schönen Tochter.«

»Meine Frau und meine Tochter sind unbedeutende Wesen und sind auch schon fortgegangen., antwortete Romanus, der Wirt; »für den Gegenwunsch gebe ich den Gegendank, erlauchter Herr, und ich meine, ich werde schon noch eine Weile die grüne Fichtau aufrecht erhalten und sie dann aufrecht vererben. In Hinsicht des armen Mahles, das ich aufstellte, habe ich getan, was ich vermochte. Ich habe meine Leute, die sonst auf der Wiese oder draußen gegen Prigliz auf dem Felde sind, zu Hause behalten, damit sie die Dienste leisten. Dort stehen sogar an dem Rande des Holzes manche, die aus der Fichtau zusammen gekommen sind, um das Mahl der hochgebornen Herren zu sehen.«

»Wir danken«, sagte der Graf, sich noch einmal leicht erhebend, »und laden alle und jede auf den Rothenstein ein, die innerhalb der nächsten vierzehn Tage unsere Gastfreundschaft zu teilen gesonnen sind.«

Nach diesen Worten setzte er sich wieder nieder und sprach leiser zu seinen Umgebungen fort. Der Wirt trat auf seinen früheren Platz zurück, nahm das Barett aus der Brustspalte des Wamses und hielt es wieder in den beiden Händen.

Das Mahl war nun an dem Tische angegangen.

Ein Diener hatte des Grafen goldenen Becher hingestellt, den er aus einem Fache genommen und mit Wein aus einer eigenen Flasche gefüllt hatte. Ein anderer stellte einen kleineren, zierlicheren, aus edlem Glas geschliffenen vor die Gräfin und tat etwas Weniges von feurigem, blinkendem Weine hinein. Überall wurden aus Körben Flaschen genommen und aus denselben Weine in die umstehenden Gläser verteilt. Auch war Backwerk, Käse, eingemachte Früchte und Fische in Behältern mitgenommen und nun unter die von Vater Romanus aufgestellten Gerichte verteilt worden. Diesen ländlichen Gerichten der grünen Fichtau sprach man nun wacker zu, und es wurden auch die Gebirgsweine eingeschenkt, die Romanus von den entfernteren unteren Ländern alljährlich aus eigenem Geschmacke selber holt und in seinem Keller einem hohen Alter entgegenreifen läßt. Sie schmeckten in der Morgenwärme wohl, namentlich wenn man das eiskalte Wasser dazugoß, das die grüne Fichtau in den Spalten des Grahns nahm, aus denen es von dem tiefinneren Vorrate des Berges floß.

Der Morgen rückte indessen weiter, der Himmel wurde klarer und feuriger, die Sonne stieg höher, die Tannenschatten wurden kürzer, und weit drüben auf den Bergen blitzte und glänzte es und warf allerlei Funken.

Von den Gesprächen an dem Tische konnte man wenig verstehen, weil sie zu stille gehalten wurden und von dem Hin- und Hergehen der Diener und von dem Rufen derselben unterbrochen wurden.

Vater Romanus hatte von seinen Leuten die besten aufgestellt, daß sie dastünden, und wenn ein Löffel weggelegt würde, ihn mit einem neuen vertauschten, und wenn eine Flasche leer wäre, eine volle aus dem Eiswasser darreichten. So ging das Mahl vorwärts. Man reichte sich wechselweise Gerichte herum, die Männer legten den Frauen vor und nahmen sich selber. Nach und nach kam man zu den feinen Backwerken, Zuckersachen und Leckerbissen, mit denen gerne die Mahle beschlossen werden. Hier wurden auch wieder aus silber- oder messingbeschlagenen Reisekästchen sehr mannigfaltige Dinge genommen und vorgelegt, es wurden auch noch zierlichere und kleinere Glasbecher herumgestellt und in dieselben noch glänzendere und bessere Weine getan. Als man dieses verzehrt hatte, blieb man noch eine Weile sitzen und sprach. Endlich, da von den Tannen, die zufällig einen Spalt bildeten, ein Lichtstrahl, gleichsam wie eine Mahnung, auf den Tisch, der bisher in dem Schatten gestanden war, hereinfiel, beendete man das Mahl. Der junge Graf stand auf, neigte sich vor seiner Gattin und lüftete den Hut gegen alle Anwesenden. Diese taten das gleiche, verneigten sich gegen die Nachbarinnen und dann gegen alle; die Stühle wurden hierauf gerückt, und man trat zu einem Kreise zusammen. Indessen richteten die Knechte die Pferde und gaben die Meldung, daß alles in Bereitschaft war. Der Graf richtete zum Abschiede noch ein paar Worte an Romanus, und die junge Frau neigte sich freundlich gegen ihn. Die Männer führten nun die Frauen zu den Pferden, halfen ihnen hinauf, schwangen sich selber auf ihre Tiere und setzten sich zum Fortziehen in Bereitschaft. Einige schöne Windhunde, welche jemanden in der Gesellschaft gehören mußten, sprangen freudig voraus, der Zug setzte sich in Bewegung und ritt auf dem Pfade der grünen Fichtau gegen den Waldweg hinunter, der durch die Länge des Tales geht. Nur ein einziges kleines, graues Männlein stand noch bei Vater Romanus auf der Gasse, der Zahlmeister, und brachte die Forderung in Richtigkeit. Aber auch dieser kletterte nun auf sein Rößlein und suchte die andern zu gewinnen. Die Knechte waren indessen auch mit Einpacken und Aufladen fertig und eilten den vordern nach. Man sah an der Steinwand, von welcher die Tannen den schönen Schatten auf den Tisch geworfen hatten, die ganze Länge des Zuges, man bemerkte das Baumeln und Neigen und Wallen der Hutfedern der Fortreitenden, der Faden wurde immer kürzer, wie er sich hinter die Steinwand hineinzog – endlich waren nur mehr zwei, und auch diese wurden sogleich von den grünen Zweigen verschlungen.

Der gestampfte Platz vor der grünen Fichtau, der vor kurzem noch so belebt gewesen war, zeigte nun nichts als seine Leere, er war von den Pferden und Dingen, die darauf gewesen waren, zertreten und durchfurcht. An dem Rande stand der verlassene lange Tisch, auf welchen nun das volle Sonnenlicht hereinfiel und der unter den Resten des Mahles, den halbgeleerten Gläsern und Flaschen, den Geschirren und Messern allerlei Schreiner und Flammen und Blendwerk erzeugte. In Unordnung standen die Stühle und Bänke, und die Schenktischlein waren verschoben.

Vater Romanus rief gegen einen Haufen Leute, die weiter unten standen und dem Zuge nachsahen, folgende Worte hinab:»Damian, komme herauf. Franz, Joseph, Katharina, kommt hieher. – – So. Laßt den Platz sauber abkehren. Macht alles in Ordnung. Du, Damian, stehe der Mutter bei, die aus dem Hause herausgeht und nicht, wie du, dem Fortzuge nachschaute. – Lasse zuerst, Mutter Ludmilla, die Teller und Schüsseln hineintragen, du, Lenore, hilf der Mutter; siehe zu, daß die Gläser, Flaschen, Bestecke und Linnen in die große Stube auf den Tisch kommen, wo ihr sie dann unter dem Tage ordnen könnt. Ihr stellt die Tische auseinander und tut sie wieder auf ihren Platz. Wenn ein Säumer kommt, muß alles sein wie sonst, daß er sich an den Tisch setzen und auf die abgewischte Gassenbank sein Zeug niederlegen kann.«

Während er diese Worte sprach, kamen alle die Leute, die am Waldsaume gestanden waren und dem Mahle zugeschaut hatten, zu Vater Romanus auf den Platz hervor und bildeten eine Gruppe.

»Ja«, sagte er, »das ist ein merkwürdiges Geschlecht. Zuweilen sind sie gut und freundlich: zuweilen seltsam und ungebärdig. Sie haben immer sonderbar auf ihrem Berge gehauset, und es sind verschiedene Taten geschehen. Sie sind sehr schnell emporgekommen; die grüne Fichtau ist schon gestanden, als auf dem Rothensteine noch nichts war als eben nur die roten Felssteine und die Bäume herum. Ihr vermöget gar nicht so weit zurückzudenken, und alle eure Vorfahren können nicht so weit zurückdenken, als die grüne Fichtau schon stand. Und immer sind wir darauf gewesen: der Vater, der Sohn und dessen Sohn und wieder so fort. Ihr könnt es euch nicht erklären, wie das ist. Seht, da macht gerade hier das Tal die Erweiterung und die schöne Ebene. Da hatten die alten Heiden, als

13

sie die Waren durch das enge Tal von den oberen Landen zu den unteren säumten – es war nicht viel, aber doch etwas: Leder, Wolle, Waffenzeug, Eisen und dergleichen –, da hatten sie hier notwendig ihren Lagerplatz, sie kochten sich das Essen, fütterten die Tiere ab und hielten eine Weile Rast. Da hat dann einmal einer ein Haus gebaut, um vor schlechtem Wetter zu schützen: denn die Menschen sind nach und nach empfindlich geworden, wie sich die Fruchtbarkeit dieses Landes hervorgetan hat und ihnen verschiedene Bequemlichkeiten verschaffte. Das war das uralte Haus der grünen Fichtau, wo sie kommen, ihren Schutz haben und alles erlangen, was sie bedürfen. In später Zeit ist dann auf dem roten Felsen gebaut worden: zuerst ein weniges, wo man die Rotbuchen reutete, dann mehr, dann die ganze Mauer um den Berg und dann die Gebäude auf den verschiedenen Stellen der Felsen. Sie haben oben fortgewirtschaftet und wir herunten. Wir sind dazumal, ehe ihr euch eure Hütten und Dinge in den Tälern herum bautet, die einzigen zwei Häuser in der Fichtau gewesen, der Rothenstein und die grüne Fichtau. Von uns kam manchmal einer hinauf, wenn wir etwas abzuführen und zu entrichten hatten; sie kamen herab, wenn einer eine Stärkung oder sonst einen Labetrunk bedurfte. Sie haben nach und nach die Gebühren und die Untertänigkeit des umliegenden Landes erhalten; wir haben unsere Gelegenheit erweitert, haben gebaut und eingerichtet und verschiedene Ertragswerke begonnen. So ist es mit den zwei Häusern. Sie waren fortaus aufrecht und gut. Wenn das Grafenamt nicht wäre, das sie in den Zeitläufen erhalten haben, und wenn das höhere Alter unseres Hauses nicht wäre, so wären wir in den andern Dingen gleich – und es könnte, wenn sonst nichts hinderte, ohne Aufenthalt geschehen, daß einmal ein Scharnast eine Jungfrau aus der grünen Fichtau zum Weibe begehrte und, wenn er sie erhielte, sie auf seinen Berg mitnähme.«

»Nun, der Wirt der grünen Fichtau ist stolz genug«; sagte mit Lachen eine Stimme aus den Umstehenden.»Ja, ja, Sebastian«, antwortete der Vater Romanus,»du hast recht. Wir haben immer unsern Stolz gehabt. Und haben wir denn nicht Ursache dazu? Wir sind eine ehrenhafte Familie, sitzen mitten im Walde und treiben in verschiedenen Dingen unsere vorzügliche und anständige Nahrung. Kein Haus ist dem unsern gleich als etwa die Hasenmühle, welche auch schon seit Christi Geburt bestehen soll. «

Er hatte, während er diese und die obigen Worte sprach, sein Barett wieder aufgesetzt; denn während der ganzen Zeit des Mahles war er unbedeckt dagestanden, und die Sonne hatte auf seine weißen Haare niedergeschienen. Aber diese dichten weißen Haare mochten keinen Sonnenstrahl durchlassen und mochten so manchen Sonnenstich und Regenguß in den langen Jahren gewohnt worden sein. – Die Leute, welche er gerufen hatte, waren indessen an ihre Arbeit gegangen. Die Mutter Ludmilla stand derselben in Ruhe und Freundlichkeit vor, und die wirklich wunderschöne Tochter legte hie und da selber Hand an und versüßte den Leuten die Arbeit durch gutherzige Blicke und durch zutrauliche Worte. Auch kamen zu den Menschen, die ohnehin auf der Gasse der grünen Fichtau standen, noch mehrere, die an verschiedenen Stellen des Tales gewesen waren und den Zug der Fremden angeschaut hatten.

»Gott grüße dich, Schmied Eberhard von Sarau«, sagte Vater Romanus zu einem Ankommenden,»was willst du haben, was können wir dir geben?«

»Den alten, du weißt schon«, antwortete der Ankommende.

»Und dir auch, Gervas, nicht wahr, es wird gut tun?« sagte der Wirt zu einem andern.

»Ja, ja«, antwortete dieser.

»Wie steht das Getreide draußen in der Au?« fragte Romanus weiter, nachdem er die Befehle wegen des Weines in das Haus hineingerufen hatte.

»Es steht im ganzen schon gut«, antwortete Gervas, der Aubauer, »der Weizen bebuscht sich, das Korn nimmt sich empor, und es wird schon recht sein, wenn der Frühling weiterkommt.«

»Ja, wenn das Wetter schön bleibt«, sagte der Schmied.»Wird schon, wird schon«, antwortete Vater Romanus.»Das verstehst du nicht, Eberhard, der du immer in der Hitze deiner Esse stehst; aber ich bin gestern bei meinen Schäfern an der Grahnsseite oben gewesen, da stiegen die Widder unablässlich höher und härten sich, was jedesmal ein Zeichen der anrückenden Wärme ist. Da kömmt der Riemmeister von Perklas auch, seht nur – seht – seht!«

»Ja, da kömmt er«, erwiderte der Angeredete, indem er näher herzutrat, »da kömmt er, weil er ohnehin etwas in Prigliz zu tun hat und sich deswegen heute eine kleine Weile genommen hat, um zugleich den Brautzug zu sehen. Gebt mir von Eurem Siebensteiner etwas, Vater Romanus.«

»Du sollst ihn haben, Nikolaus, aber da muß ich selber hineingehen«, antwortete der Wirt. »Setzt euch nieder, Männer, hier an dem Gesträuche steht schon ein Tisch; das andere wird alles sogleich auch in Ordung sein.«

Bei diesen Worten wendete er sich um und ging in das Haus hinein.

»Was gibt es denn Neues draußen im Lande?« fragte der Schmied den Riemmeister, indem sich die Männer gemächlich an dem von Vater Romanus bezeichneten Tische niederließen.

»Nicht viel«, antwortete der Gefragte, »die Säumer werden morgen nicht kommen. Im Asang sind dreizehn Packpferde abbestellt worden, weil man sie braucht, um in etlichen Tagen die Brautgüter durch das Tal zu befördern.«

Bei diesen Worten legte er seinen ledernen Schnallensack und seinen langen Stock ab und setzte sich sehr bequem zu den andern Männern an den Tisch. »Brautgüter gehen denn diese auch durch die Fichtau?« fragte ein Mann, der sich mit ungeschlachten Gliedern nicht weit von dem Tische auf die Gassenbank des Hauses niedergelassen hatte.

»Freilich, Tiburius«, antwortete der Riemmeister; »wenn es einen andern Weg auf den Rothenstein gäbe, glaubst du denn, die Herren würden alle einer hinter dem andern durch die Fichtau geritten sein?«

Der Vater Romanus war indessen wieder herausgekommen, und hinter ihm ging ein Bube, welcher auf einem Brettchen die Weine trug, die die Männer bestellt hatten. Er tat vor jedem sein gehöriges Glas hin und ging mit dem Brettchen wieder fort.

»Nun, so hat der Rothenstein wieder sein Weib«, sagte, Romanus, »er hat lange genug um sie gefreit: nun hat er sie. Ich kenne sie seit früher Zeit. Ich bin an dem Tage auf dem Stauenfels gewesen, an welchem sie geboren wurde. Es war das Jahr, wo der große Komet an dem Himmel stand, darauf das Korn so klein und mehlreich wurde und der Wein so ergiebig. Warte – es muß jetzt sechzehn Jahre sein – siebzehn – – achtzehn ist es. Schau – schau – so alt ist sie schon. Man sagt ihr nach, daß sie obenaus sei und sehr begehrlich nach allen Dingen, die ihr angenehm scheinen. Ich weiß es nicht, sie hat mich kaum einmal angeredet. -- Was sitzest denn *du* hier?« wandte er sich plötzlich an den Mann, der auf der Gassenbank der grünen Fichtau saß und den er jetzt erst erblickte.

»Ich warte ein wenig«, antwortete der Angeredete.

»Du wartest ein wenig? und warum bist du denn überhaupt hier? und wer ist denn bei den Ziegen?« fragte der Wirt.

»Der Denis ganz allein«, sagte der Mann, »ich bin heruntergestiegen, um den herrlichen Brautzug des Grafen zu sehen.«

»Nun, das ist doch ein Ziegenhirte«, sprach Romanus. »da läßt er die Böcke und Ziegen auf den Felsen und steigt herunter, um den Brautzug zu sehen – und nun sitzt er hier mitten in den Sonnenstrahlen, die auf sein Haupt brennen, und läßt den großen, breiten Hut neben sich auf der heißen Bank liegen. – So bleibe nur da, du kannst mit meinen Leuten essen, und morgen mit dem frühesten geht der Franz ohnehin mit dir auf die Hochkogelwand. Dann schaue aber auf deine Tiere, du weißt, ich habe dreiunddreißig Ziegen darunter, und der Käse hat jetzt seinen Wert. Verstehe, Tiburius. – Auf den Durchzug der Brautgüter darfst du nicht denken; ich weiß auch nicht, was du daran sähest, da die Sachen in Ballen eingemacht sind, wie andere Waren, die man säumt.«

»So zürnt nur nicht, ich gehe schon morgen hinauf«, antwortete Tiburius, »der Denis versteht es gut, und es geschieht ja nichts.«

»Nun, es ist schon recht, es ist schon recht«, antwortete der Wirt.

Die Menschen, welche früher in einer Gruppe mitten auf der Gasse gestanden waren, zogen sich zum Teile näher an das Haus und an die Gesträuche, wo die Männer saßen, um etwas von dem Gespräche zu vernehmen. Andere waren auch fortgegangen, und neue waren wieder gekommen.

»Der Graf Prokopus soll ein sehr gelehrter Herr sein«, sagte der Wirt; »er hat einen alten Ritter bei sich, der die Dinge der Welt weiß und ihm zuweilen von ihnen erzählte. Aber es kann nicht sein, daß der junge Graf sich alles gemerkt hat; denn mit zweiundzwanzig Jahren ist der Witz noch nicht so groß und das Urteil noch nicht so stark, daß man den Nutzen der Sachen kennt. Der Syndikus von Prigliz hat mir gesagt, daß der Bernhard von Kluen schier alle Bücher der Erde gelesen hat, sie mögen von den Pflanzen auf der Welt oder von den Sternen am Himmel handeln – er hat auch die Wissenschaft und die Dinge der alten Heiden inne, die vor vielen tausend Jahren gewesen sind. Es mag da manches enthalten sein; aber wir können es nicht erfahren, weil uns die Zeit fehlt und uns der Beruf hindert. Der junge Graf hat auch im Kriege gedient, aber es mag da nicht viel gewesen sein, weil er kaum noch ein Kind war – es sind schon drei Jahre – vier sind es schon gar – – er ist damals schon immer wegen der Gertraud auf den Stauenfels hinübergeritten, die noch die Kinderschuhe anhatte. Wenn ihm Vater und Mutter nicht so bald gestorben wären – die Mutter war eine sehr schöne Frau, viel, viel schöner als die jetzige junge Braut –, wenn diese nicht gestorben wären und der alte Gerhab und Geschäftsleiter sich nicht auf der Burg aufgehalten hätte, könnte alles anders sein. – Nun, es ist vorbei, er ist jetzt zum Herrn erklärt worden, und wir werden sehen, ob er es auch versteht.«

»Es soll ja ein großes Buch in dem Schlosse sein, wo die Grafen immer ihre Sünden aufschreiben müssen«, sagte der Aubauer.

»Das verstehst du nicht, Gervas«, antwortete der Wirt – ihre Taten und ihr Leben müssen sie aufschreiben, weil daran die Burg hängt, sonst bekommen sie dieselbe nicht. Ein alter Vorfahr hat es einmal so gestiftet – man weiß nicht, zur Buße oder wie –, und die Pergamente, wo alles steht, müssen sie in einen großen roten Saal tun, daß sie nicht verbrennen, weil auch alle Schriften der Vergangenen von jedem Gegenwärtigen gelesen werden müssen. Von dem Lesen und Schreiben sind sie alle gelehrt, und daher kommen auch die unklugen Dinge, womit sie manchmal die Untertanen gedrückt haben, und andere Sachen. Wir wollen nicht weiter davon reden. – Lieben Leute, wenn einer etwas will, so darf er sich nur dort zu dem Schenkladen wenden, es ist schon jemand da. Und wer keinen Zehrpfennig hat oder ihn sparen muß, kann auch ohne denselben etwas bekommen, wir werden es aus der Küchenstube schon sagen lassen. Das Haus der grünen Fichtau steht nicht umsonst im Walde, es gibt schon dem ermüdeten Wanderer und dem Armen sein Teil. Heute ist sogar noch etwas Besseres zu haben als sonst.«

Manche von den angeredeten Leuten gingen zu dem Schenkladen, der eigentlich ein Fenster mit einem Brette davor und einem großen Überdache darüber war, bestellten etwas und setzten sich an irgendeinem Platze nieder. Die anderen blieben stehen und horchten, als würde noch etwas geredet werden. Die Arbeiten, welche Vater Romanus angeordnet hatte, waren indessen vollendet worden. Von dem langen Tische war alles Geschirr, Geräte und Linnen weg, die einzelnen Tischlein, aus denen er zusammengesetzt gewesen war, und die Bänke und Stühle waren an ihren Platz entweder in das Haus oder auf der Gasse an den Saum des Gebüsches gestellt worden. – Die vornehmen Leute haben doch manchmal recht bsondere Dinge«, sagte Gervas, der Aubauer.

»Da haben sie auch einen Saal«, sagte Romanus, »in welchem alle gemalt sind, die Männer und die Frauen, bis auf den heutigen Tag. Sie stehen in einer langen Reihe mit lauter Harnischen und Schwertern. Das tun wir in der grünen Fichtau nicht, wir hätten auch gar keinen Platz für die Bilder. – – Knabe Christian; komme einmal her. – So. – Lasse jetzt das Kehren gehen, Knabe; du machst zu viel Staub, und die Gasse ist ohnehin schon schön genug. Lege den Besen an seinen Ort, gehe hinter das Haus, wo die Trinkborne stehen, und wasche sie sauber mit dem Bachwasser aus. Man kann doch nicht wissen, wem die fremden Pferde gehört und was sie könnten gehabt haben. Wasche sie gut aus. – So.« Der Mensch, welchen Vater Romanus mit den letzten Worten angeredet hatte, war zwar so klein wie ein Knabe, aber er hatte ein altes Gesicht und einen struppigen Bart. Es war eines jener unglücklichen blöden Wesen, wie man sie manchmal im Gebirge findet, und hatte in der grünen Fichtau das Gnadenbrot, wofür er selbstgefällig und oft zu vorzüglich verschiedene kleine Geschäfte im Hause verrichtete. Er hatte dem Vater Romanus lächelnd zugehört, und da dieser fertig war, nickte er mit dem Kopfe, ging wieder auf seinen Platz zurück, nahm den Besen, mit dem er gekehrt hatte, stellte ihn in einen Verschlag an dem Hause, wo man derlei Werkzeuge aufzubewahren pflegte, und humpelte dann mit seinem seltsamen Gange hinter das Haus.

»Ja, so machen wir es nicht wie die Rothensteiner«, fuhr der Wirt fort, »wir richten nur unsere Sachen in Ordnung und schauen mit Sorgfalt in die Zukunft. Da kannst du etwas reden, Nikolaus. Habe ich es nicht recht gemacht, da ich sagte, daß mein künftiger Eidam drei Jahre wandern soll, damit er etwas lerne? Das Ledergeschäft in Perklas ist gut, die Feldwirtschaft des Hauses auch, und Lenore mag einmal recht warm darinnen sitzen – aber er mußte die Welt und andere Handelsherren sehen, daß er sein Weib gut behandle und den Perklasern ein Beispiel gebe, die nicht vom Hause weggekommen sind.«

»Ja, der Albrecht ist ein feiner Mann geworden«, sagte der Riemmeister aus Perklas, »ich habe gerne mit ihm zu tun, und andere kommen auch von weitem herzu, um einen Handel mit ihm zu schließen.«

»Er ist ein feiner Mann«, sagte Romanus; »aber Lenore kommt nicht leer zu ihm. Sie kann sich schon sehen lassen und bringt ihm einen Glanz in das Haus. Man muß den jungen Leuten immer einen guten Betrieb zu ihrem Anfange geben, daß sie den rechten Anstand haben und die Welt vor ihnen Achtung trägt. So bin ich schon in der Jugend gewesen. Ich habe meine Augen nur auf anständige, sittsame Jungfrauen gerichtet – und da ich mir Ludmilla zuwege gebracht hatte, hat ihr Vater, der alte Hasenmüller, schon auch das Seinige getan. Sie hat darum immer ihr Gefühl und ihren Stolz in meinem Hause gehabt, weil sie seinen Wohlstand mit aufgebaut hat. Sie ist immer ein verehrungswürdiges Weib gewesen, ich habe sie nie knechtliche Arbeit tun lassen und habe ihr nie, solange wir verheiratet sind, mit einem Finger gedroht. Solche Weiber sind jetzt gar nicht mehr auf der Welt.«

»Ja, solche Weiber sind nicht mehr auf der Welt«, sagte Gervas, der Aubauer, »alles ändert sich jetzt.« »Schaut dorthin«, erwiderte Romanus, »da hat sie all das Gerülle, das nach dem Mahle übriggeblieben ist, wegräumen lassen, daß der Platz schimmernd und rein und blank ist, wie alle Tage – sie hat die Aufsicht gepflogen und dabei nicht ein einziges lautes Wort verloren. Jetzt steht sie in der Küche und kocht die Suppe für die armen Leute und freut sich schon, wenn sie dieselbe essen werden.«

»Ein gutes Weib ist ein Segen in dem Hause«, sagte Gervas.

»Ein Segen in dem Hause?« fuhr Romanus, der Wirt, heraus –»alles ist sie in dem Hause; – wenn mich Ludmilla nicht freut, so freuen mich die Kinder nicht, und so mag ich nicht erwerben und sorgen. – Und schön ist sie gewesen, Ihr seht das jetzt nicht mehr so – sehr schön – ihre Tochter Lenore kann sich mit ihr gar nicht vergleichen. Suche dir nur bald ein Weib, Nikolaus, und schau, daß ihr recht gut miteinander wirtschaftet.«

Nikolaus, der Riemmeister, welcher noch ein junger, unvermählter Mann war, drehte bei diesen Worten sein Weinglas, führte es zum Munde, und als er getrunken hatte, sagte er lächelnd:»Nun, nun, Vater Romanus, es kann noch werden, und es wird sich schon machen. Gebt mir dann Euern guten Rat, wenn die Gelegenheit ist.«

»Sollst ihn haben, Nikolaus, sollst ihn haben – aber du wirst ihn nicht befolgen, wenn es dich auch nachher reut. Es reut dich gewiß, ganz gewiß.«

Da der Wirt diese Worte gesprochen hatte, gingen vier Männer gegen die Gasse der grünen Fichtau zu. Sie gingen auf dem Wege, der sich von dem allgemeinen Talpfade gleich hinter dem Brücklein des Waldbaches trennt und bloß gegen das Wirtshaus hinzu führt, langsam einer hinter dem andern.

Vater Romanus richtete sich mit den Augen gegen sie und rief den vordern an:»Wo kommt denn ihr her und was wollt ihr denn da?«

»Wir haben den Kalk in die Weidenkörbe getan«, antwortete der Angeredete, indem sie näher kamen.»Nun – und dann?«

»Er kann heute nicht heraus gesäumt werden, weil der Reitmeister des Schlosses dagewesen ist und die Pferde verlangt hat, um die Brautgüter zu fördern.«»So, das hat er getan?« erwiderte Romanus, »und da mußtet ihr gleich alle viere herauskommen, um mir das zu sagen, und so langsam gehen? Begebt euch in die Küchenstube, und eßt, so dürfen wir euch nichts in den Bruch hinausschicken; dann aber geht sogleich und geschwinder wieder zurück, und sagt, ich kann dem Scharnast keine Pferde leihen – der Georg soll den Kalk noch heute nach Prigliz säumen, weil der Fuhrmann schon wartet. Die Brautgüter können aufgeschoben werden, der Kalk nicht.«

»Es ist schon recht«, sagte der Anführer der viere, indem er den sehr großen Hut ein wenig vor Romanus rückte, was auch die übrigen taten, die ihm einer hinter dem andern in das Küchenzimmer folgten, gerade so, wie sie gekommen waren.

»Das sind meine Kalkbrecher und Brenner«, sagte der Wirt, indem er sich wieder zu den andern wendete. »Ich kenne den vordern«, antwortete Gervas, »das ist der Peregrin.«.

»Ja«, sagte der Wirt – »der Marmor meines Wildbruches gibt guten Kalk, und der Kalk hat seinen gesuchten Wert. Ich tue den Mitmenschen gerne einen Gefallen und etwas Gutes; aber oftmals kann doch das Geschäft nicht unterbrochen werden, weil ein anderer daranhängt und an dem wieder ein anderer. Es geht die Welt ohnehin immer beschwerlichere Wege, und man hat sich zu stemmen, daß man seinen Raum behält. Damian wird weiter sorgen müssen. Er hat zwar noch keine Braut, aber er ist ganz meine und Ludmillas Art, und es wird sich schon geben. – Weil alles so vordrängt, werden unsere Nachfolger viel tiefer eingehen und wirken müssen. Ich sage euch: wer die Fichtau in hundertfünfzig Jahren sehen könnte, würde ganz andere, seltsam neue Dinge sehen als nun; so wie sie jetzt das nicht mehr ist, was sie einstens gewesen war. Ich habe noch meinen Urgroßvater gekannt – denn wir werden immer sehr alt –, und der hat gesagt, daß die ganze Fichtau ein einziger Wald gewesen ist. Unser, Haus ist ganz allein in dem Graben gestanden, und der Saumweg ist seit ewigen Zeiten gewesen. Überall waren Wölfe, er hat sie selber manchmal in der Nacht heulen gehört. Die Perniz ist an lauter Steinblöcken und Bäumen vorbeigegangen, und die Bären und die Hirsche haben daraus getrunken. Wo ist nun ein Wolf, wie wenig sind Bären, und wie selten werden bereits die Hirsche, daß man auf einer Jagd kaum zehn, kaum fünfzehn schießen kann. In manchem Tale ist schon eine Hütte, es sind Kohlenbrennereien da, Holzwerke und alles. Ja es werden bereits Bauernhöfe, wo man in früheren Jahren nichts gewußt hat. So wie sich nun bis jetzt alles verändert hat, so wird es sich weiters noch mehr verändern. Die Fichten dort standen einmal gerade vor den Fenstern, darum heißt die grüne Fichtau die grüne Fichtau; jetzt sind sie schon zurück bis an den Saum und werden noch weiter zurück müssen. Die Tannen dort auf der Steinwand werden wohl zuerst wandern. Die Lage dieses Ortes ist einmal zu allen Dingen zu günstig: der Bach fließt so gut und reich aus dem Grahnstale hervor, da wird ein Werk entstehen, das Bretter schneidet oder das Loh der oberen Grahnseichen stampft – das Tal geht gegen rückwärts weit auseinander, da wird aufgeräumt werden, es werden Häuser entstehen, daß abends die ganze schöne Rinderherde der grünen Fichtau mit Glocken und mit einem eigenen Hirten nach Hause geht und in die Hütten gesammelt wird – der Pfad wird zu einem breiten Wege werden, auf dem man mit Wägen fährt, und wenn in den Seitentälern, wo jetzt die Bächlein rinnen, auch Wege sind und Hütten und Häuser zerstreut im ganzen Steinreviere der Fichtau liegen, dann werden an Sonn- und Feiertagen auf dem Platze vor unserem Hause eine Menge Wägelchen stehen, die da zu einem Frühmahle kommen, und daß wir dann alle miteinander in die Kirche nach Prigliz fahren. Darum muß auch eine Schmiede her, die gewiß einer unserer Nachfolger errichten wird. – Ich habe selber schon hinter dem Hause einen großen Garten wollen anlegen lassen, aber es sind noch die Bäume mit ihren langen Schatten, und im Frühlinge deswegen die häufigen hartnäckigen Reife. –– Wie haben auch in der Zeit her die Rothensteiner auf dem Berge gewirtschaftet – wie haben sie verändert und umgestaltet und gebaut, die bauen eigentlich immer. Sie bauen dies und das und stets mehr und immer mehr – das ist ganz unglaublich, ganz unrechenbar und füllt den Kopf mit schwerer Sorge; was das für Geld gekostet haben mag!« – –

Nach diesen Worten erheiterte sich sein Angesicht sichtbarlich, und er begann mit Vergnügen zu lächeln. Es kam seine Tochter Lenore über den Platz her gegen ihn gegangen, in knapper, sehr netter Kleidung, daß die Schönheit des Mädchens noch bedeutender auffiel. Die langen Wimpern schatteten über die großen Augen und standen zu den frischen Wangen sehr fein.

»Wo gehst du denn hin, Lenore?« fragte er sie.

»Die Mutter schickt mich in das Hintergärtchen um Grünes in die Suppe«, antwortete sie, »und dann läßt sie Euch sagen, die Mittagskost für die Leute, welche etwas bedürfen, sei schon fertig, und sie mögen nur kommen.«

Der Vater nahm seine Tochter freundlich an der Hand; führte sie zu dem Tische, wo die Gäste saßen, mit denen er eben sprach, und fragte sie:»Kennst du diesen Mann da?«

»Ja«, antwortete sie, »es ist der Riemmeister von Perklas.«

»Und wen soll er denn grüßen?« fragte er weiter. Lenore sagte nichts – kein Sterbenswörtchen. Die langen Wimpern senkten sich noch tiefer, bis die Augenlider ihre Äpfel vollkommen deckten. In die feinen Wangen goß sich nach allen Richtungen das Blut – und es wurde die unbeschreibliche Anmut ihrer Jugend und ihres Standes sichtbar.

Der Vater winkte voll innerer ungebändigter Freude dem andern mit den Augen zu. Dieser saß da und lächelte.

»Nun, wen soll er denn grüßen?« fragte Romanus wieder.

»So grüßt ihn recht schön und recht herzlich«, sagte das Mädchen, indem es die Augen ein wenig emporschlug. »Du darfst dich nicht schämen, Narre, es ist schon alles recht, es ist schon recht«, sagte der Vater viel sanfter und freundlicher. »Jetzt geh nur, geh, du Ebenbild deiner Mutter«, setzte er hinzu, »hole das Grüne in die Suppe, und weil alles fertig ist, sage der Mutter, daß die Leute schon kommen werden.«

Er ließ sie los, und sie ging um eine Gebüschecke, wo sich vielleicht das fragliche Hintergärtchen befinden mochte.

Der Wirt behielt sein vergnügliches, leuchtendes Angesicht. Er ging auf dem Platze ein wenig hin und her, daß seine weißen Haare, die unter dem Barette hervorquollen, abwechselnd in der Sonne schimmerten, und rieb sich die Hände. Er dachte wahrscheinlich vor der Gegenwart nicht mehr an die Schauerlichkeiten und Unheimlichkeiten aller Vorfahrer und nicht an die Mühen und Abänderungen aller Nachfolger und nicht an den Stolz und das Wirken der Rothensteiner.

Lenore war mit dem Grünen nicht mehr auf demselben Wege zurückgekommen, auf dem sie hingegangen war. Wahrscheinlich hatte sie den Umweg rückwärts um das ganze Haus herum gemacht.

Romanus ging noch ein wenig auf dem Platze hin und wider, sagte zu diesem und jenem gelegentlich ein Wort und sprach dann zu allen:»Ich glaube, daß es Zeit ist, Leute, hineinzugehen. Wem eine

Mittagsuppe in der grünen Fichtau genehm ist, dem ist sie vergönnt, und er begebe sich nur in die Küchenstube. «

Mehrere von den Anwesenden gingen hinein; andere nahmen Abschied, zogen ein Stück Brot hervor und verzehrten es lustig und plaudernd nach heimwärts wandernd, indem sie sich zu stolz dünkten, von der grünen Fichtau ein Almosen anzunehmen; und wieder andere blieben müßig stehen und schauten herum.

Es waren heute, wie natürlich zu erachten ist, viel mehr Menschen in der grünen Fichtau als zu anderen Zeiten. Es war in dem Hause eine sehr große Küche mit lichten Fenstern gegen das Grüne. In dieser Küche stand Mutter Ludmilla und ordnete das Verteilen der Speisen. Neben der Küche gegen die Waldung hinaus war eine große Stube, die mit einem sehr breiten Überdache sogar bis ins Freie gegen die Bäume ging. In dieser Stube und unter dem Überdache saßen viele Menschen und aßen, indem man ihnen Suppe und anderes zum Mittagmahle verteilte. Die Tochter Lenore wurde unter diesen Leuten gesehen, mit denen sie freundlich redete.

Es war indessen schon beinahe Mittag geworden, die Sonne stand schon hoch, und die Hitze mehrte sich, obwohl es noch zeitlich im Frühjahre war. Da die Menschen in der Küchenstube und unter dem Vordache gegessen hatten und sich entfernten, rückte die Stunde heran, wo auch Vater Romanus mit den Seinigen das Mittagmahl einzunehmen gewohnt war. Es war damals diese Stunde viel früher als jetzt und meistens schon, ehe die Sonne den Mittelpunkt ihres Bogens erreicht hatte. Wenn Sommer und schönes Wetter war, geschah es, daß sie meistens im Freien an einem abgesonderten Plätzchen, wo mittags liebliche Schatten hinfielen, beisammensaßen und daß Vater Romanus nach der letzten Speise noch ein wenig blieb und mit den Seinigen plauderte. – So war es auch heute gewesen, weil ein gar so funkelnder, blauer, freundlicher Himmel über der ganzen Fichtau stand. Nach dem Essen ging Romanus in die Herbergstube. Er rechnete dort ein wenig mit der Kreide auf einer Tafel und ging dann wieder auf die Gasse hinaus.

»Was bin ich denn schuldig, Vater Romanus?« fragte ihn hier der Riemmeister. »Vier Batzen, Nikolaus, willst du denn schon gehen?« sagte der Wirt.

»Ja freilich Vater«, antwortete der Mann, »ich muß beizeiten in Prigliz sein.«

»Nun, so grüße mir die Perklaser recht schön, wenn du wieder heimkömmst«, sagte Romanus. »den alten Lederherrn und seine Frau und ihren Sohn Albrecht, meinen künftigen Eidam – und die andern alten Perklaser; ich komme wohl die künftige Woche hinaus.«

»Seid Ihr denn morgen nicht zugegen?« fragte der Riemmeister; »ich spreche wieder ein, wenn ich auf dem Rückwege bin, und da könnt Ihr mir die Grüße nach Perklas aufgeben.«

»Ich gehe wohl in die linke Holzwiese hinauf, um nachzuschauen«, antwortete der Wirt, »aber ich werde schon zurück sein, wenn du kommst. Spreche nur ein, Nikolaus, spreche nur ein. Jetzt Gott befohlen, und grüße die Priglizer, den alten Syndikus, das ist ein närrischer Mann.«

»Gott befohlen«, sagte der Riemmeister, indem er seinen Schnallensack und seinen Stab von der Bank auflas.

Im Vorübergehen, da er sich gegen den Pfad hinab wandte, gab er dem Vater Romanus die vier Batzen in die Hand, welche dieser in eine Ledertasche an seinem Wamse gleiten ließ.

»Die Frucht soll ja vorletzt im Lande sehr abgeschlagen haben«, wandte sich der Wirt nun an den Aubauer Gervas.

»Die Hohenhauser haben vier Mut Korn um fünfunddreißig Taler geladen«, antwortete dieser.

»So – so – das ist gut«, sagte der Wirt, »zeigt auch, daß die Händler wegtrachten, weil die Saat so schön steht.«

Nach diesem Gespräche ging auch der Aubauer fort, und mit ihm ging Eberhard, der Schmied aus Sarau. Auch andere Gäste hoben sich, berichteten ihre Rechnung und gingen fort. Die Leute, welche schon am frühen Morgen dagewesen waren, um das Fest zu sehen, und auch die andern, welche sich später eingefunden hatten, weil sie an irgendeiner Stelle des Tales gestanden waren, um zuzuschauen, entfernten sich einer nachdem andern, um die Heimat zu gewinnen, bis endlich der Platz vor der grünen Fichtau ganz leer war und auch im Hause sich niemand befand, als der zum Hause gehörte.

Die Sonne stand schon schief. Die Tannen, welche vormittags Schatten geworfen hatten, glänzten jetzt in allen ihren Nadeln, die Wände gegenüber, welche morgens geleuchtet hatten, standen jetzt in ruhigem Schatten, und die Wärme milderte sich.

Der Vater Romanus hatte noch allerlei zu tun, um die Vorkommnisse des Tages und die Nachrechnungen desselben in Ordnung zu bringen. Er war deshalb in der Stube. Mutter Ludmilla ließ noch die letzten Reste des Festes, die man etwa im Drange übersehen hatte, einräumen und alles an seinen Platz und in seine Ordnung stellen.

Gegen die spätern Nachmittagsstunden hin kamen zwei Säumer. Sie banden ihre Tiere an die glänzenden Eisenringe, die an einer Reihe von Pflöcken befestigt waren, und hielten ihr Vesperbrot. In jenen Zeiten, wie wir gesagt haben, wurden noch alle Gegenstände, die durch die Fichtau gingen, gleichsam wie auf hohen, schmalen Gebirgspfaden gesäumt, weil man der breiteren, fahrbaren Straßen noch nicht bedurfte. Der Säumer ging oder ritt neben seinem einen oder mehreren Tieren einher, sie mit einer Leine leitend. Er hatte den Lodenrock an, einen breiten Hut auf und oft den Gebirgsstock in der Hand – und in der damals noch einsamen Luft, in welcher nur die Naturlaute des Singens und Schreiens der Vögel und des gelegentlichen Rufes eines Tieres waren, tönte das Glöcklein, das an dem Halse eines Saumtieres hing. In der grünen Fichtau hielten sie gerne an, wie auch die zwei taten, von denen wir oben geredet haben. Nachdem sie alles, was sie begehrten, von einem Diener erlangt hatten, schnürten sie wieder ihre Sachen und zogen mit dem feinen Tone des Glöckleins an der Steinwand hin, auf welcher die Tannen standen, die morgens die langen Schatten geworfen hatten.

Die letzten Gäste der grünen Fichtau waren zwei Holzknechte. Sie kamen erst, da die Sonne nur mehr über den äußersten Rand der westlichen Bergwände auf das allerlei Waldlaub hereinspann. Sie waren damals, wie jetzt, leicht erkennbar: das Angesicht mehr als gewöhnlich gebräunt, darin das Leuchten des Auges – der eigentümliche Anzug, damals noch mehr Leder enthaltend, darüber der Oberwurf von Loden, dann die Steigeisen, der langstielige Gebirgshaken und oft ein oder mehrere Bündel Eisenkeile. Der Vater Romanus war zufällig auf die Gasse gekommen, als sie herzugingen. Er redete sie seiner Weise nach sogleich an und sagte:»Ei, ei, es ist ja nicht Samstag, wo kommt denn ihr her, und wo seid ihr denn gewesen?«

»Wir sind bei dem gebrochenen Stein hinten gestanden«, sagte einer von ihnen,»und sind gestern schon herabgestiegen, um den Brautgang zu sehen. Heute gehen wir noch in die rote Schwaig zurück und steigen morgen früh wieder auf das Eiseck hinauf.«

»Nun, das ist ja recht gut«, antwortete der Wirt,»daß ihr herabgestiegen seid – es ist kein kleiner Weg, und die Klötze können derweil ruhig zwei Tage auf dem Eisecke schlafen.«

»Ei, Vater Romanus, gebt uns einen Wein«, sagte der Sprecher mit lustigem Lächeln.»Ihr habt ja doch durch unser Herabsteigen keinen Schaden gelitten.«

»Du meinst etwa gar Nutzen, Konrad, wegen des bißchen Weines«, sagte der Wirt –»ich habe keinen Schaden gelitten; denn von meinen Leuten ist keiner herabgestiegen, um Bräute zu sehen, außer dieser da.«

Er wies bei diesen Worten auf die Hausbank hin, auf welcher Tiburius, der Ziegenhirt, nachdem er sein Mittagmahl gehalten hatte, wieder saß und ruhig lächelte. Hierauf befahl er, daß man den Gästen jenen sauren, starken Wein gebe, den diese Leute lieben und den sie zu ihrem harten Brote oder zu fetten Klößen trinken. Er blieb bei ihnen, trank selber sein Abendgläschen guten Weines und redete mit ihnen, bis sie fertig waren. Sie standen auf, zahlten das wenige Geld für ihre Zehrung, schulterten ihre Sachen, gingen auf dem entgegengesetzten Wege fort, als wo sie gekommen waren, und verschwanden bald in dem Gesträuche.

Und von nun an blieb das weitgebreitete hölzerne Waldhaus mit allen seinen Nebenschoppen und Gebäuden einsam. Es stand schon in dem Schatten des Abends; denn die Sonne war hinter dem Rande der Wand untergegangen, alle Blätter und Nadeln wurden gleichsam noch grüner und dunkler, während der Grahns, der im Osten stand, anhob, beinahe hellrot auf das Ganze niederzuleuchten. Die Leute in der grünen Fichtau taten ihre Geschäfte des Abends, und der Sohn des Hauses, ein schöner schlanker Jüngling, noch jünger als seine junge Schwester Lenore, tat auch, was er gerne um diese Zeit zu tun pflegte. Er ging mit drei großen schönen Hunden, welche einen Teil der Besatzung des Hauses ausmachten, auf dem Talpfade neben der Perniz hin, immer weiter und weiter, bis er nicht mehr gesehen werden konnte. Er tat dieses gerne, entweder weil er da keine Arbeit hatte oder weil er überhaupt sinnend war und gerne seinen Gedanken und Träumereien nachging oder weil auf sein unentwickeltes Herz diese Tageszeit eine besondere Wirkung ausübte, die im Gebirge mehr als im flachen Lande um alle Dinge ihre unbeschreibliche Ruhe und Würde ausgießt.

Es war in der grünen Fichtau Gewohnheit, früh schlafen zu gehen, um, wie sich Romanus

ausdrückte, die Nacht Nacht und den Tag Tag sein zu lassen. Im Sommer geschah es schon, wenn die letzte Stufe der Dämmerung noch am Himmel leuchtete, so daß man genug sah, seine Schlafstelle zu suchen, und daß, wenn man schon schlief die Sterne oder der Mond zu scheinen anhoben.

Wie alle Tage war es auch heute an diesem so bewegten gewesen. Da die Leute ihre Arbeiten, die in jeder Dämmerung nach einer unwandelbaren Regel sich wiederholen, verrichtet hatten, gingen sie einer nach dem andern schlafen. Auch Tiburius erhob sich sofort von der Gassenbank, da noch ein recht schöner, aber blasser Goldschimmer um alleGegenstände desTales leuchtete, er nahm seinen breiten Hut, zog sein rauhes graues Ziegenfell, das oben zu der Verwitterung der Felsen besser paßt als unten zu der Umgebung, über die Brust zusammen und ging gemach gegen die vieleckigen und vielwinkeligen Holzgebäude zurück, in denen er seinen gebräuchlichen Ruheplatz schon wußte.

Vater Romanus, nachdem er alles verrichtete und an allen Stellen des Hauses gewesen war und nachgeschaut hatte, stieg die Treppe in das obere Stockwerk hinauf, wo das Schlafgemach war, Ludmilla mußte schon viel früher heraufgegangen sein; denn sie hatte schon ihren Schlüsselbund losgenestelt und auf den Tisch gelegt – sie mußte schon ihr Abendgebet verrichtet haben; denn sie saß bereits mit dem knappen Nachthäubchen auf dem Kopfe und mit den weißen Nachtgewändern angetan auf dem Bette – sie war, obschon sie noch nicht besonders alt war, doch eingebückt wie ein Mütterlein, und auf das milde, einst so schöne Angesicht, das halb gegen das Fenster gewendet war, fiel der letzte Schein, daß es fast mit Gold und Silber belegt war. Romanus, der sonst gerne rasch und frisch war, ging fast fromm in das Zimmer. Er legte seinen großen Schlüssel, mit dem er alle ihm zugehörigen Räume geschlossen hatte, dann die Geldtasche und allerlei andere Dinge, die er aus seinen Säcken genommen hatte, neben den Schlüsseln und abgelegten Taggewändern Ludmillas hin und sagte:»Du bist schon da, Mütterlein, du bist schon fertig – lege dich nur nieder, daß du dich nicht erkältest -gute Nacht, Mutter, gute Nacht.«

»Gute Nacht, Romanus«, antwortete sie,»schlafe recht wohl.«

Und mit diesen Worten legte sie sich vollends in ihr Bett hinein und zog die Decke bis an das Kinn ihres Antlitzes empor.

Romanus ging nun gegen die Tür und schloß sie wohl ab, dann untersuchte er die Fenster und hatte verschiedenes hin und her zu trippeln, wobei er sich seiner Oberkleider entledigte. – Nach einer Weile tat er sein Käppchen ab und kniete auf dem Schemmel zum Abendgebete nieder – und es war, als ob seine schneeweißen Haare jetzt in dem dunklen Gemache leuchteten. – Da er fertig war, kleidete er sich aus und legte sich in sein Bett, das in der entgegengesetzten Ecke des Zimmers von dem Ludmillas war. Er bedeckte seine Haare mit keinem Käppchen, richtete es sich sehr bequem in dem Lager, und es mochte dessen weiche Umfangung ihm, der den ganzen Tag ungemein rührig und tätig zu sein gewohnt war, wohl recht lieblich und anmutig dünken. – In der heimelnden Stube war es nun ganz dunkel; denn die Sterne gaben gerade so viel Licht, daß man kaum die weichsten und unbestimmtesten Umrisse der Gegenstände wahrnehmen konnte.

Die Tochter der beiden Eheleute. Lenore, war auch schon im Bette. Ihr Schlafgemach war neben dem der Eltern, durch das sie gehen mußte. Sie ging gewöhnlich mit der Mutter herauf, was auch heute geschehen war, daher sich Romanus, als er schlafen ging, um die Tochter nicht bekümmerte. Als sie mit der Mutter ein Weilchen geredet hatte und als ihr diese mit der Hand das Kreuzzeichen in das schöne Angesicht gemacht hatte, war sie in ihr Kämmerlein zu dem jungfräulichen Bette getreten. Sie sperrte die Türe nie zu, weil sie zu Mutter und Vater führte; aber das bewegliche eiserne Fensterkreuz hatte sie untersucht, ob es ja fest und geschlossen sei – sie war dann im Stübchen noch ein wenig hierhin und dorthin gegangen, um manches zu ordnen – hatte im Winkel des Fensters kniend gebetet – hatte von den Oberkleidern abgelegt – und war dann in das enge Bettlein gehuscht, das sie immer im schönen weißen Glanze erhielt.

Der letzte, welcher im Hause die Ruhe suchte, war der Sohn Damian. Als die Perniz, welche am ganzen Tage so unermeßliches blitzendes Silber gerollt hatte, auch nicht mehr den geringsten Schein desselben besaß – ja, als die unheimlich blaulichen Wellen, welche sie, wenn das Abendgelb am Himmel lodert, hinter Steine, Gesträuche und Baumwurzeln zurückführt, gar nicht mehr gesehen werden konnten und ihr Wasser nur hörbar war – als der letzte mattrote Sterbeglanz des Grahns von seinem Gipfel gleichsam unsichtbar in die Luft verschwunden war, daß er selber nun grau und kalt dastand und nur ganz schwach in dem dunkeln Himmel gesehen werden konnte – als der Pfad im Grase des Rasens kaum mehr als grauer Streifen erkennbar war: ging er mit seinen Hunden an dem Rauschen des Flusses zurück. Er ging zu dem Hause, tat die Hunde in einen Zwinger, in dem sie in der Nacht herumgehen konnten, sperrte mit einem Schlüssel die kleinere Haustür auf und verschwand hinter ihr, sie wieder verschließend. Er wurde weiter nicht mehr vernommen. Desungeachtet war noch nicht die vollständige Ruhe in der grünen Fichtau. Da es schon ganz finster geworden war, bewegte sich ein schwarzer Knäul über die Gasse gegen die Hintergebäude zurück. Es war der arme Christian, der seinen Heuverschlag suchte, in welchem er zu schlafen pflegte. Man weiß nicht, was er etwa noch so spät vor dem Hause oder in dem Gebüsche zu tun gehabt hatte – er weiß es selber oft nicht –, und von den andern bekümmerte sich auch keiner um ihn, was er tat oder wann er sich zur Ruhe begab.

Von nun an, da die seltsame Gestalt unter der Schwärze des Oberdaches verschwunden war, herrschte ununterbrochene Stille. Alle lagen sie in todesähnlichem Schlummer befangen, und die kalte Sternenglocke stand brennend und einfach über dem ganzen Walde, der dunkel und ohne Regung unter ihr ruhte und in dessen Größe das Haus, in dem wir den ganzen Tag zugebracht hatten, nicht zu sehen und zu erkennen war oder so winzig und klein, als hätte man kaum mit der Spitze einer Nadel in das Waldland getupft. –

Nun müssen wir von der stillen Fichtau, in der wir uns vielleicht aus unentschuldigbarer Vorliebe für so unbedeutendes Wirken und Tun zu lange aufgehalten haben, Abschied nehmen und dem Zuge, der am Morgen in ihr das glänzende Frühmal eingenommen hatte, folgen, um zu berichten, was ihm im Laufe dieses Tages begegnet ist und wie denn die nämliche Nacht, die jetzt über der Fichtau steht, auch über die Häupter jener fröhlichen Menschen heraufzog.

Sie ritten in heiterer Lust, da noch die helle Sonne auf sie schien, ihres Weges dahin, und die Perniz ging rauschend und plaudernd mit ihnen. Beide, der Weg und der Fluß, strebten aus dem engen Tale hinaus gegen die ebneren Länder, wo der Weg in eine breite Straße auseinandergeht, auf der der Zug aus seinem dünnen Faden sich zu einer sprechenden und scherzenden Gruppe hätte aufrollen können, und wo der Fluß, ohne mit seinen Wellen über Steine zu springen, in einer glänzenden Schlange auf weiten Wiesen dahin liegt. Der erste Gruß, den das erweiterte Land dem Wanderer entgegenträgt, ist der freundliche, spitze Kirchturm von Prigliz, und dann folgen Meierhöfe und verschiedene Werke.

Allein, ehe man noch dahin gelangte, schwenkte die ganze Gesellschaft von dem Wege ab, trabte über ein Brücklein der Perniz und verließ dieses lustige, hüpfende Wasser. Sie ritten in ein Seitental hinein, das so spitz abfällt, als wollten sie wieder in die Berge der verlassenen Fichtau zurückkehren.

So war es auch beinahe. Sie ritten bei immer höher steigender Sonne, bei mutwilligem Hundegebell, bei manch schwierigem Gespräche und bei manchem Wirrsale und Streite der Diener, die sich hinten drängten, in dem Seitentale dahin, gleichsam um ein vielgestaltig emporragendes Hügelland eine Kreislinie spannend. Die roten Steine der Fichtau blickten überall nieder, und die Wasser schossen herab. Einmal, da die Höhen auseinanderrissen, zeigte Prokopus seiner Gemahlin den Berg, wohin er sie führte, wie er, im Dufte des wolkenlosen Vormittags schwimmend, gleichsam weit hinter allen Höhen draußen zu schweben schien.

Sie ritten weiter und weiter.

Als die Sonne schon ziemlich bedeutend jenseits ihres Gipfelpunktes am Himmel hinabrollte, als die Blitze des Morgens schon längst von den Berghöhen verschwunden waren und als diese bereits in einem müden trockenen Nachmittagshauche standen: erreichte man den Fuß des Berges. Hier ist ein Dörflein, und außer den einzelnen Menschen, die schon in dem Seitentale gestanden waren und die Gesellschaft angeschaut hatten, waren hier zuerst mehrere derselben versammelt.

Sie standen aus Neugierde da oder riefen Glückwünsche zu. Von dem Schlosse waren Pferde herabgebracht worden, die warteten. Man bestieg sie, während die Diener die alten in Empfang nahmen und herumführten. Mit diesen frischen Kräften zog man die Höhe des Weges hinauf. Aus den Obstbäumen des Dörfleins bog man anfangs durch ansteigende Felder hinauf und kam dann auf die Einsamkeit des Berges. Eine vielfach unterbrochene Rasendecke streckte sich hinan, Steine schauten überall aus ihr heraus. Zwischen diesem hindurch ging der Weg, er war breit, und zu seinen beiden Seiten stand eine Doppelreihe uralter Fichten, welche mit den traurigen, tief niedergehenden Zweigen und mit den langen hängenden Moosbärten eine Gattung düsterer, einödeartiger Allee bildeten. Zwischen den runzligen, harzigen Stämmen stand hie und da ein Mensch, sein Angesicht hervorzeigend und die Vorüberreitenden betrachtend. Weiter gegen oben sah man mehrere den Reitern schleunigst vorauseilen, um bei dem Einzuge gegenwärtig sein zu können.

Den Grafen Prokopus an der Spitze und zu seiner Rechten die junge schöne Gemahlin kam man an dem Tore des Rothensteines an. Zu beiden Seiten von unendlichem Haselgebüsche bewachsen, zeigte die Ringmauer des Berges nur eine einzige offene Stelle, in der der steinerne Torbogen war. Sein düsteres Eisengrau war außer dem Wappen schier nirgends zu sehen, weil er von einer Last von Blumengewinden bedeckt war, die nur an einer Stelle durch ihre Schwere niedergebrochen hingen, den Stein zeigend und gleichsam gebrochenes Glück bedeutend. Die Torflügel waren in weiter Gastlichkeit geöffnet. Auf einem Gerüste hinter dem Blumenberge versteckt, war eine schmetternde Fanfare, die den Zug begrüßte und im Augenblicke von dem Donner des Geschützes abgelöst wurde, das auf dem Berge aufgepflanzt war und erdröhnte, als der Zug durch die Torflügel einritt. Eine fast wogende Menschenmenge war hier versammelt: sie riefen teils Lebehoch, teils winkten sie mit Tüchern und Hüten. Es war schier ein sturmähnliches Brausen, wie wenn sie eher Unheil als Glück verkündeten. Innerhalb des Tores, auf dem weiten, sandigen Platze, wo ein Obeliskus steht und zwei Sphinxe ruhen, waren jene Leute des Grafen aufgestellt, die in den verschiedenen Besitzungen desselben etwas galten: Richter, Schreiber, Schöffen, Verwalter, Geschworne und dergleichen. Sie standen mit sehr ernsten Gesichtern. Aber wie ein holder, versöhnender Gegensatz löste sie eine Schar weißer Mädchen ab, welche Kränze auf Kissen trugen und feine Papiere darreichten, auf denen Sprüche und Wünsche standen. Der junge schöne Graf hörte freundlich an, was der Mann, der an der Spitze der Mädchen stand, sagte – auch sonst war er zuvorkommend und höflich, er hielt den Hut ober dem Haupte gelüftet immer in der Hand und grüßte nach dieser Seite und nach jener. Auch die neue Gebieterin neben ihm, an der eigentlich alle Blicke hingen, hatte mit Neigen und Grüßen und herablassendem Winken vollauf zu tun.

Man ritt von dem Platze des Obeliskus auf dem sanftgewundenen Pfade über den ferneren Teil des Berges gegen die Schloßgebäude hinan. Eine nachdrückende Menschenmenge beschloß den Zug – ja auch seitwärts, wo sich liebliche Weinreben um das Rot der Marmorgesteine schlangen, suchten sich viele durchzufristen und zertraten manch zartes und nützliches Reis.

Nach einer Weile Reitens trat den Ankommenden ein schöner großer Bau entgegen. Er schwamm im zarten Lichte des späten Nachmittages und war rückwärts gehoben von einem schönen Eichenwalde, der sein Glanzgrün dem Auge entgegenhielt und auf dessen Rasen, der tiefgrün durch die Stämme vorblickte, Damhirsche gingen, die trotz der Menschenmenge, oder vielleicht gerade durch sie gelockt, neugierig an den Rand kamen und herausschauten. Der Bau hieß der Altbau und war das Ziel der Reise. Er bekam in folgender Zeit aus Ursachen, die wir später anführen werden, den Namen Julianbau. Man hatte im Heraufreiten zwar verschiedene Bauten und Häuschen in dem Weingelände zerstreut gesehen – sie waren auch zuzeiten bewohnt gewesen –, aber der Graf hatte zu seiner Wohnung den weitläufigen Altbau erwählt, wie auch seine Vorfahren aus den Bauwerken des Berges sich immer dasjenige zum Aufenthalte bestimmt hatten, das ihnen am meisten gefiel. Da man zwischen die Vorgebäude auf den Sandplatz hinvor gekommen war, standen alle Diener des Hauses da. An ihrer Spitze war der Schloßmeister mit dem roten Stabe und neben ihm der Kastellan mit seinem Abzeichen, dem großen Schlüssel. Da sie sich nach der Anweisung des Schloßmeisters verneigt hatten und da der Gruß von den Ankommenden erwidert worden war, eilten die hiezu Aufgestellten herbei, der Gesellschaft von den Pferden zu helfen. Als man abgestiegen war, wies der Schloßmeister mit seinem Stabe auf die große Treppe und ging voran. Prokopus führte seine Gattin die Stufen hinauf, indem er die andern mit freundlicher Gebärde zur Nachfolge einlud. Man gelangte in den großen Eintrittssaal, in welchem schöne Kalkgemälde auf den Wänden prangten. Der Schloßmeister wies, sich sehr tief verbeugend, von hier aus der jungen Gräfin Gertraud und ihren Frauen die Gemächer an, die eigens nur zu dem Zwecke hergerichtet waren, daß sie sich in denselben umkleideten und ein Weilchen ruhten. Desgleichen tat er auch mit dem Grafen und mit den andern.

Es war nämlich im Plane, ehe man irgend etwas Weiteres im Schlosse vornahm, gleichsam zu glücklichem

Eingange das junge Paar von ihrem künftigen Seelsorger noch einmal segnen zu lassen, so wie es von dem zu Stauenfels für das ganze Leben war eingesegnet worden.

Nachdem der Zweck des Umkleidens und Ruhens erreicht worden war, trat Gertraud in einem einfachkirchlichen Gewande aus den Zimmern hervor. Die andern hatten schon auf sie gewartet. Prokopus, der ein fast hochzeitliches Kleid angetan hatte, nahm sie bei der Hand und führte sie, von allen Gästen gefolgt, durch den langen Gang in die finstere Schloßkirche, in der die steinernen Heiligenbilder fast drohend herabsahen. An dem Altare stand der Priester und sprach zum Empfange einen biblischen Gruß. Dann verrichtete er, während alle in den Stühlen saßen, ein Dank- und Bittgebet zu Gott. Hierauf schritten Prokopus und Gertraud zu dem Altare hinvor, knieten auf die daliegenden rotsamtnen Kissen nieder und empfingen den Segen, gleichsam eine zweite Befestigung des Bandes, das für alle Ewigkeit geschlossen worden war.

Nachdem man diese kirchliche Feier vollbracht hatte, geleitete Prokopus seine Gattin in dem Kleide, in dem sie war, und in Gesellschaft ihrer Mutter, ihres Vaters, ihres Bruders und mancher ihrer Freunde zu den Zimmern, welche ihr nun für ihre Zukunft auf dem Rothensteine zur Wohnung dienen sollten und welche durch lange Zeit her mit aller möglichen Umsicht und mit Pracht und Aufwand hergerichtet worden waren. Prokopus und die andere Gesellschaft blieben auf der Schwelle des Einganges zurück, denn es sollte niemand als sie und ihre vertrautesten Frauen zum ersten Male diese Gemächer betreten, damit sie allein alle Dinge überblicken und sich darüber freuen oder auch nach Maßgabe betrüben möge.

Prokopus schritt, da Gertraud in die Zimmer verschwunden war, nach dem Empfangsaale zurück und von da in Begleitung seines Lehrers und Freundes Bernhard von Kluen über die große Treppe auf den Sandplatz des Schlosses hinab, wo noch mehrere Menschen versammelt waren. Er entblößte, auf der letzten Stufe stehend, daß ihn alle sehen konnten, das Haupt und sagte:»Ich danke euch, werte Freunde und Nachbarn, für die Teilnahme an dem glücklichen Ereignisse, das heute hier gefeiert wird. Ich hoffe, daß wir in alle Zukunft in freundlicher und nachbarlicher Weise nebeneinander leben werden. Alle, die heute dieses Schloß besucht haben, sie mögen Untertanen oder Fremde sein, sind höflich zu Gaste geladen. Gegen das große Tor zu, seitwärts des Kastellanhäuschens, sind auf der Wiese und unter angenehmen Baumgruppen Tische gestellt – ich glaube, daß die Reihe groß genug sei; und sind zu wenige, so werden noch neue aufgerichtet werden; – es sind Speisen und Wein dort, und jeder, der will, darf zu dem Mahle niedersitzen, ohne eines Wortes und andern Grundes zu bedürfen, als daß er da ist. Möge die Bewirtung nachsichtig und freundschaftlich aufgenommen werden.«

Nach diesen Worten schwenkte er noch einmal grüßend den Hut und setzte ihn dann auf. Die versammelten Menschen aber riefen laut und erheitert:»Hoch lebe unser Graf – es lebe der Graf!«

Prokopus dankte noch einmal und ging mit Bernhard die Treppe hinauf.

Die letzte Feierlichkeit, welche den Tag beschließen sollte, war das Mahl. Die andern hatten, als Prokopus zu dem Volke hinabging, schon angefangen, ihre Kleider und Schmucksachen, wie es damals gebräuchlich war, zu dem Feste in Ordnung zu setzen. Er kleidete sich nun auch um, damit er fertig wäre, wenn die Glokke ertönte.

Das Mahl wurde nicht in dem Schlosse gehalten, sondern in einem Saale, der einige hundert Schritte davon entfernt war, in einer edlen Umgebung von Eichen und Ahornen stand und vor langer Zeit zu einem ähnlichen Zwecke erbaut worden war. Die Küche des Saales stand hinter demselben und war so sehr in das Gebüsche hinein gebaut, daß, wenn Braten knisterten und Gerichte schmorten, die grünen Baumzweige bei den Fenstern hineinsahen. Die Lichter, welche man in übermäßiger Menge in dem Saale anzündete, spielten in die schiefen, durch Baumstämme, Gebäudesäulen und Glastafeln hereinfallenden Strahlen der bereits tiefstehenden und erlöschenden Sonne. Diener, die vom Putze strotzten, liefen an den Tafeln hin und her und wurden bald von einem fliegenden Sonnenblitze, der von außen hereinkam, begossen, bald von den Lichtern, die im Innern in noch schwacher Gewalt brannten, sanft bestrahlt.

Als die Schloßglocke gellte, fügten sich die Gäste paarweise zusammen, wie man es schon angeordnet hatte, und gingen von dem Schlosse in den Speisesaal hinüber.

Es liegt außer unserem Zwecke, das Mahl, das diesen beschwerlichen Tag beschloß, näher zu beschreiben. Nur soviel genüge, daß es sehr glänzend war; denn die Sitte der damaligen Zeit verlangte, daß man seinen Gästen die Ehre, die man ihnen erweisen wollte, durch großen Aufwand kundtat, namentlich, daß nichts fehlte, was nach den herrschenden Begriffen ein Bestandstück der Tafel war. Eine sanfte Musik tönte von verschiedenen Stellen des Berges herüber, als die reichgekleideten Menschen in der immer heller brennenden Kerzenmenge, wie draußen der Tag sich allmählich verdunkelte, dasaßen, als die Menge der glänzenden Gefäße auf dem Tische stand, als die Messer und Gabeln klirrten und als die Gespräche rauschten. Es saßen nach dem Gebrauche auch die vorzüglicheren Haus- und Amtsleute des Grafen zur Tafel, und auf ihren Standeskleidern schimmerte die Last der Seidenverzierungen und der Goldstickereien.

Als das kostbare Mahl geendet war und man sich mit Ausnahme einiger, die noch beim Weine geblieben waren, wieder in das Schloß hinüber begeben hatte, zog die Mutter Gertrauds den jungen Gatten in ein Nebengemach, wo zufällig auch der Vater, Bruder und einige Verwandte standen, nahm ihn bei beiden Händen und sagte:»Ich habe Euch alles, was ich besitze, übergeben, teurer Eidam, Ihr wisset, daß ich keine Tochter mehr habe und daß Söhne sich um Mütter wenig zu bekümmern pflegen – behandelt sie gütig und freundlich, behandelt sie ja recht gut; denn sie ist es von Jugend auf gewohnt.«

Der junge Graf legte seine rechte Hand, die er sanft von der Schwiegermutter losgemacht hatte, auf die Brust und sagte:»An diesem Herzen will ich sie halten wie mein liebstes Wesen, auf diesen Händen will ich sie tragen wie mein Kleinod; denn es ist unter allen Geschöpfen, die da Raum haben in der Wesenheit der Dinge, kein einziges, das ich so liebe wie sie.«

»Amen«, sagte der alte Graf von der Staue,»es ist schon recht und gut.«

Man gab sich die Hände, schüttelte sich dieselben und verfügte sich wieder zu den andern.

Gertraud war von ihren Frauen schon in ihre Gemächer geleitet worden. Da Prokopus ebenfalls von der Gesellschaft Abschied nahm, um sich in seine Wohnung zu begeben, trat ein großer, finsterer Mann, Flerenz von den Tennen, der bisherige Vormund und Gerhab, herzu und sagte:»Ich wünsche dir Glück, Graf Prokopus, ich wünsche dir Glück.«

»Ich danke Euch, ich danke«, erwiderte dieser.

Auf dem Gange sagte Bernhard von Kluen zu ihm:»Sei recht glücklich, Prokop, sei für alle Tage deines künftigen Lebens zufrieden und heiter.«

»Lebe wohl, guter, treuer Lehrer und Vater«, antwortete Prokopus,»gute Nacht, gute Nacht.«

Und sie schieden unter dem Lichte der herabstrahlenden Lampe, indem der eine in seine Schlafgemächer ging und der andere sich zu den wenigen Gästen zurückverfügte, die noch in dem großen Saale waren.

Prokopus war durch die hohen Türen, die in seine Wohnung führten, hineingegangen, und es war nach dem geräuschvollen Tage, in welchem den Menschen ihr Tun wie eine Rolle im Schauspiele war vorgeschrieben worden, eine Last von ihm genommen, da er allein war. Die Lampe in dem großen Vorgemache hatte, da er eintrat, ihr sanftes, wohnliches Licht auf ihn herabgegossen, die Schritte, welche auf dem Gange gehallt hatten, waren auf den Teppichen seiner Zimmer nicht zu hören. – Der Kammerdiener stand mit dem Nachtgewande vor ihm, als er in dem inneren Gemache stehenblieb und sich an der Ecke eines kalten Marmortisches hielt. Die mehreren einfachen Lampen, wodurch seine Zimmer erhellt wurden, streuten ihr mildes Licht auf die Gegenstände, unter denen er so lange gelebt hatte. Er legte den schönen, federbebuschten Hut auf ein Ruhebett, das die weichen, mit feinem Leder überzogenen Kissen ihm entgegenschwellte. Dies Zeichen war für den Diener der Anfangspunkt seines Geschäftes. Er legte die Nachtkleider über die Lehne eines Sessels, und Prokopus ließ sich Stück nach Stück von seinem schimmernden Gewande von dem Leibe nehmen und sich das einfache, dunkle Kleid und das leichte, dunkle Wams umlegen. Das dargereichte Barett nahm er nicht an, sondern die langen schwarzen Haare sanft mit der eigenen Hand zurückstreichend, ging er in das innere Zimmer hinein, wo sein Bett stand, auf das ein allseitiges freundliches Licht herniederfiel, und betrachtete die Bücher, die auf dem Bettische lagen, und welche nun schon geraume Tage nicht aufgeschlagen worden waren. – Dann ging er wieder zurück und bedeutete dem Diener mit der Hand, daß er entlassen sei, indem er nur noch hinzufügte, daß die andern, welche in den Vorzimmern dienen, schlafen gehen oder sich vergnügen können, nur solle er darauf sehen, daß sie von dem Weine, der für sie bereitsteht, nicht zu viel nehmen und sich schaden.

An der Seite des Schlosses, wo die Fenster seiner Wohuung hinausgingen, war ein sehr großer Balkon, der eine weite Umsicht über die Teile des Berges und über die entfernteren Gegenden gewährte. Zum Schutze gegen die Sonnenstrahlen war der Balkon gewöhnlich mit einem Dache von Leinwand überspannt und hatte an seinen Seiten manchmal auch schmale leinene Wände. Heute war statt den Linnen weiße Seide gezogen, das Innere war mit rotem Samt ausgefüttert und mit demselben Stoffe gleichsam zu einer großen, prachtvollen Nische ausgebaut, in der man sitzen und den ungeheuren Raum vor sich betrachten konnte. Zur Bequemlichkeit waren lange, an den Enden nach vorwärts geschweifte Ruhebänke von Samt gestellt. Der Balkonsaal, dessen Tür hinausführte, war bei der neuen Einrichtung der Wohnungen Gertrauds und Prokops so geordnet worden, daß er einen gemeinschaftlichen Saal abgab, aus dem man rechts in die Zimmer des Grafen, links in die Gertrauds gelangen konnte.

Prokopus war durch seine Gemächer bis in das letzte zurückgegangen, war durch den Saal, der heute auch in seinem Innern lauter Seide zeigte, auf diesen Balkon hinausgetreten und lehnte sein Haupt an eine der eisernen Stangen, an denen der Samtbau befestiget war.

Der Tag hatte von dem Berge des Rothensteines schon Abschied genommen, nur in dem äußersten Abende, wie es im Sommer zu sein pflegt, war noch ein schwaches Rot, das aber sogleich in jenen blassen Schein des Himmels überging, der nur noch durch das matteste Leuchten angibt, wo die Sonne ihren Weg von uns fort genommen hatte. Sonst war tiefe Einheit an dem Himmel, durch kein einziges, noch so kleines Wölkchen unterbrochen. Auf der Erde war die Stille noch nicht eingetreten. Es feierten wohl die Bäume, die in schwarzen Klumpen unten standen, und der Rasen, der sich gleich einem dunklen Tuche hinbreitete, die Nachtruhe: aber zwischen den Bäumen kam noch der verlorene Schimmer von Lampen und Kerzen herüber, die in dem Speisesaale brannten, und über den Rasen schwamm noch mancher vereinzelte Laut daher, der sich von denen verirrte, die etwa noch beim Becher saßen oder sich sonst über die Freude des heutigen Tages vergnügten. Selbst von der untersten Stelle der Ummauerung des Berges, wo das Kastellanhäuschen stand, kamen noch Zeichen des Lebens herauf. An der Wand des Baumdunkels war der Lichterschein zu erkennen, der für das eingeladene Volk war angezündet worden, und zuzeiten war es, als hörte man das Brausen herauf, wie es sich unterredete.

Von den fernen Ländern und Bergen, die man am Tage gleichsam wie in einem sanften Rauche schwimmend von dem Schlosse aus sehen konnte, war in der Nacht nichts zu erblicken, und der Berg mit seinem breitgedehnten Gipfel und mit den Werken, die man auf ihm errichtet hatte, stand ganz allein in der ihn umgebenden, beinahe fürchterlichen Leere.

Und wie der Graf so stand und wie die fernen Stimmen schwächer wurden, war es, als regte sich etwas –- er wendete sich um und sah von der Finsternis des Balkons in den hellen Saal, aus dem er gekommen war, zurück – da sah er von den Lichtern und dem sanften Scheine der Seide übergossen und von dem dunklen Samte, der die Saaltür bekleidete, lieblich eingerahmt eine weiße Gestalt – es war seine Gattin Gertraud. Sie stand inmitten des Zimmers, wie schüchtern vorgeduckt – gleichsam wie eine, die zaudert und ratlos ist. – Ihre Frauen hatten sie entkleidet und ihr die Fülle der schönen, ganz schneeweißen Gewänder angetan. Über dieselben war ein kurzes, rosenrotes seidenes Mäntelchen geworfen. Auf dem Haupte hatte sie nichts als die schönen blonden, reichlichen Locken. Sie war in das letzte ihrer Zimmer, das an den Balkonsaal stieß, gegangen, war in den Saal getreten, und man wußte nicht, wollte sie an und für sich auf den Balkon hinausgehen, weil es ihr einladend erschien, oder war sie nur zufällig in den Saal gekommen und zaudere nun, ob sie zurückkehren oder hinaustreten solle, da sie ihren Gatten dort stehen sah und vielleicht meinte, er traure.

Prokopus, da er sie erblickt hatte, ging in den Saal hinein und nahm sie, ohne zu sprechen, bei der Hand, die zitterte.

Die zwei Frauen, welche sie herbegleitet hatten, gingen in die Gemächer zurück.

Sie konnten nun, da sieallein waren, noch weniger sprechen. Prokopus zog sie sanft gegen sich und führte sie auf den Balkon hinaus, auf dem sie in der Beklommenheit bis an den Rand hinvor gingen.

»So bist du jetzt hier auf dem Schlosse, Gertraud«, sagte er, »auf dem du immer und immer leben wirst.«

»Es ist schauerlich«, antwortete sie, »wir schweben ja mit dem Berge nur in der Luft, und rings um uns ist nichts.«

»Es ist schon etwas«, erwiderte er, »du siehst es nur nicht, weil es Nacht ist: recht schöne Berge und sanftes Land liegt in einem Ringe herum und grüßt zu jeder Zeit hold entfernt herauf.«

»So meint Ihr, daß ich morgen hier Länder und Berge sehen werde, wie aus den Fenstern des Stauenfels?« fragte sie.

»Ich *meine* nicht«, antwortete er, »es ist gewiß, du wirst sie sehen und dich daran erfreuen. Auch den Berg, den wunderbaren, mit seinen Kuppen, Zacken, Gebüschen und Werken wirst du lieben. Das Gebäude, in dem wir stehen, ist viel größer, als du ahnst oder heute abends erblicken konntest; es geht in sehr schöne Trümmer aus, hinter denen ein merkwürdiger Garten ist, dort schaut sanft der glatte Sixtusbau herüber – da unten sind die weißen Häuschen und die Mauerwerke – da ist der Eichenwald – dort gesellen sich die Linden. Und an dem Kegelgipfel steigen die Fichten empor.«

»Ihr werdet mir das alles zeigen, verehrter Gemahl«, sagte sie.

»Ja, ich werde es dir zeigen«, antwortete er – »liebe, liebe Gertraud, bist du mir denn auch so gut?«

»Ja, ich liebe Euch sehr«, erwiderte sie.

»Siehst du«, sagte er, »wie gut es nun ist, daß wir hier stehen, wir ganz allein, daß die Menschen abgefallen sind, die uns den ganzen Tag umgeben haben – wie verwandt sie uns auch sind, sie sind uns dennoch fremd – du hast mir heute nicht angehört, – ich habe nur selten dein liebes, süßes, holdes Auge sehen können und durch den grünen Schleier nur manches Mal dein teuer verehrtes Angesicht erblickt. Den Schleier, welchen du heute getragen hast, mußt du mir als Angedenken an diesen Tag geben.«

»Nimm ihn«, sagte sie leise, »er liegt auf dem Ankleidetische.«

»Ich werde ihn mir nehmen«, sprach er, »und wenn ich uralt bin, werde ich ihn noch als unerreichbares geliebtes Kleinod auf dem Herzen tragen. – – Du bist müde von dem Reiten des heutigen Tages, Gertraud, auch könnte dir die Kälte der Nacht schädlich sein – komme.«

Mit diesen Worten führte er sie in die Tiefe des Balkons zurück und ließ sie auf eine Ruhebank niedersitzen. Wie sie sich auf die weiche Rücklehne des Samtes zurückließ, war sie in der Dunkelheit des Balkons wie ein kleines weißes Häufchen, das sich duckt. Er setzte sich neben sie.

»Wie seltsam es in der Welt ist«, sagte er, »da stehen die stillen Sterne vor uns – sie haben schöne Namen, siehst du, die sieben, die da an dem Rande des Samtes stehen, sind der Wagen mit der hochgekrümmten Deichsel, dort sind die Petrusstäbe, diese da sind gar das Haar eines schönen Weibes, das einmal in Griechenland gelebt hat – alle haben Namen, ich werde sie dir einmal sagen – da stehen die stillen Sterne; dort unten, wo das trübe rote Licht sich durch die Bäume stiehlt, sind einige Menschen, die sich vergnügen, weil sie Wein trinken, andere liegen schon in dem starren, unempfindlichen Schlafe, und wir zwei sitzen hier oben mit unserem Glücke.«

Weil er ein leises Beben in ihren Gliedern fühlte, so meinte er, sie fürchte ihn. Er rückte deshalb einen Schemmel zurechte, stand auf und setzte sich auf denselben ihr gegenüber zu ihren Füßen nieder, so daß sein Haupt viel tiefer war als ihres. Das Licht des Saales, welches früher an ihnen vorbei unsichtbar in die Luft hinaus gewandelt war, fing sich nun an seinen Zügen, daß sie beleuchtet zu ihrer Dunkelheit hinaufsahen.

»Lasse mir die Hand«, sagte er – »liebe Gertraud, lasse mir die teure, sanfte Hand.«

»Ich lasse sie dir ja, Prokopus«, antwortetesie, indem sie ein wenig weiter vorrückte und die Hand ihm reichte. »Siehst du«, fuhr er fort, »wir werden jetzt ein schönes Leben beginnen – ich werde dich hierhin und dorthin führen, ich werde dir erzählen, du wirst zuhören – ich werde dir alle Dinge zeigen, welche dieser Berg enthält, ich werde dich in seine Vergangenheit einweihen, ich werde dir auch von andern Dingen sagen, die wunderbar sind auf der Erde, und diese Sterne, die alle Nächte langsam über unsern Berg hinüberwandeln, werden die Zeugen unseres Glückes sein.«

»Sieh die Schnuppe«, rief Gertraud plötzlich.

Ein glänzender Streifen war über den weiten Himmel, den man von der Samthalle aus überblicken konnte, hin gefahren und war unten im Dunste, wo Himmel und Land nicht mehr unterscheidbar waren, erloschen. »Sie soll nicht unser Unglück bedeuten«, sagte er, »sondern nur den schnellen Flug, in welchem die Zeit in unserem Glücke dahingehen wird. Dann werden wir alt sein, Gertraud, aber wir werden in heißer Liebe Herz an Herz drücken – und wenn das eine gestorben ist, so wird das andere weinen, als müsse es mit seinen Tränen sich zu Grabe bringen.«

»O wie bist du schön, Prokopus!« sagte Gertraud.

»Und wie bist du gut«, erwiderte er – »und wie ist es glücklich, daß es so gekommen ist, daß wir uns besitzen, und welche unabsehbaren Tage des Glückes werden kommen!«

Sie antwortete nicht, aber sie folgte dem leisen Zuge seiner Hand, die sie gegen sich zog, gleitete gegen ihn, da er sie umfaßte, schlang beide Arme um seinen Nacken, da er sie an sich drückte, und empfing den Kuß von den Lippen ihres Gatten.

Sie war auf dem Samtkissen des Schemmels, auf dem er saß, gekniet, da sie ihn umfangen und geküßt hatte. Als die Arme sich lösten, hob er sie sanft auf, lenkte sie auf ihren früheren Sitz und setzte sich neben sie.

Sie sprachen nichts.

Die Nacht war weiter vorgerückt – der Lichterschein, der unten an den Bäumen des Kastellanhäuschens gesehen worden war, war erloschen, auch derjenige, welcher von dem Speisesaale dämmerig herübergekommen war, war nicht mehr da, und keine einzige Stimme war auf dem ganzen Berge zu hören.

Die Gatten hoben sich und gingen wie zwei selig schüchtern Liebende in den Saal hinein.

Die dunkle Tür schloß sich hinter ihnen, und dieselben Sterne, welche über den Bergen der ganzen Fichtau schienen, welche auf das kleine graue Haus und darin auf das schlummernde alternde Ehepaar, auf die unschuldige Lenore, auf den Jüngling Damian und auf die andern niederleuchteten, standen nun auch in der kühlen brennenden Glocke über dem Berge des Rothensteines.

Er war fast ganz schwarz und kein einziges Licht auf ihm zu erblicken; denn die wenigen, welche innerhalb der Mauern noch brannten, waren durch feste eichene Fensterbohlen von der äußern Ruhe, Heiligkeit und Stille der Nacht abgeschlossen.

2. Der Mittag

Das versprochene Glück ist nicht gekommen. Nachdem die Hochzeitsgäste noch mehrere Tage mit Freuden und Vergnügungen auf dem Rothensteine zugebracht, nachdem sie alles und jedes auf dem Berge besichtigt, in den Teichen und Flüssen der Ebene gefischt, in den Wäldern der Fichtau gejagt und hinter dem Eichenhaine auf die Scheiben geschossen hatten: gingen sie einer nach dem andern fort. Die letzten waren die Eltern Gertrauds und der fröhliche Schwager Rudolph. Die Pferde, welche man von dem Rothensteine zur Beförderung mitgegeben hatte, kamen nach und nach abgemüdet wieder zurück, und jetzt begann alles in dem Gleise zu gehen, in welchem es alle die künftigen Tage gehen würde.

Aber es war eigentlich noch kein Gleis. Prokopus war erst wenige Wochen vor seiner Vermählung mündig gesprochen worden. Vorher war das Leben auf dem Rothensteine sehr einfach gewesen. Vater und Mutter Prokops waren sehr früh gestorben, da er noch beinahe ein Kind war. Sie hatten, da er ihr einziger Nachkomme war, alles auf seine Erziehung verwenden wollen, was ihnen ihr großer Reichtum nur immer eingab und was die besonders guten Anlagen des Knaben, die sie zu sehen glaubten, erheischten. Es waren Lehrer nach Lehrern auf das Schloß gekommen und immer wieder mit andern vertauscht worden. Kurz vor dem Tode der Eltern war einmal der Ritter Bernhard von Kluen eine Weile auf dem Rothensteine gewesen. Er war ein seltsamer Mensch. Von seinen Vorfahrern mit Gütern und Reichtümern versehen, genoß er dieselben gleichwohl nicht, das heißt, er genoß sie nicht so, wie sie seine Standesgenossen und so ziemlich alle Menschen seiner Zeit genossen haben würden. Er verbrachte einige seiner frühesten Jugendjahre im Kriege. Dann kam er nach Hause und liebte ein armes Mädchen seiner Nachbarschaft so sehr, daß er es zu seinem Stande erheben und zu seiner Gemahlin machen wollte. Das Mädchen hatte eingewilligt und wurde in verschiedenen Dingen unterrichtet. Nach und nach gewann sie aber den Forstmeister viel lieber, und Bernhard gab ihr eine große Summe Geldes und ließ sie den Forstmeister heiraten. Nach drei Jahren heiratete er selber ein Edelfräulein, welches nach fünfjähriger kinderloser Ehe starb. Von nun an blieb er unvermählt. Er hatte schon früher, da er von den Kriegsfeldern zurückkam, ein sehr gleichmäßiges Leben geführt. Er hatte nicht

Pferde und Hunde oder Gewehre, Rüstkammern und Dienerschaft gehalten, er gab keine Tafeln und Gelage und wohnte keinen solchen bei. Dieses Leben führte er als Witwer um so mehr fort. Er setzte mehrere gute Amtmänner in seinen Liegenschaften ein und besuchte bald den einen, bald den andern. In seinem Schlosse hatte er viele Bücher und wissenschaftliche Geräte. In den Büchern las er, mit den Geräten machte er Versuche. Er reisete auch manchmal fort und besuchte Städte und Männer, die ähnliche Dinge trieben wie er, und unterredete sich mit ihnen. Wegen dieser unkriegerischen und unjagdlichen Eigenschaften, die sie ihm beilegen zu müssen glaubten, hatten seine Nachbarn und Standesgenossen seltsame und unvorteilhafte Meinungen von ihm. Zu diesem Manne, da er, wie wir sagten, einmal eine Weile auf dem Rothenstein war, faßte der Knabe Prokopus eine feurige Liebe. Bernhard hatte sich mit ihm abgegeben, ihm vieles erzählt und ihn um manches gefragt. Da es nun so war, schlug er den Eltern vor, daß er auf den Berg herüberkommen und den Knaben unterrichten wolle. Die Eltern waren sehr zufrieden, Bernhard reiste ab, kam nach einiger Zeit wieder und lernte von nun an alle Tage mit dem Kinde. In kurzer Zeit starben Vater und Mutter hintereinander. Da kam in Folge des väterlichen Testamentes Flerenz von den Tennen, ein unabhängiger, adeliger Mann, der mit den Scharnast weitläufig verwandt war, als Vormund des Buben und als Gerhab der Besitzungen auf das Schloß. Es begann eine Verwaltung, in der alles zu dem Zwecke ging, daß das Gut sich nicht vermindere, sondern vermehre. Bernhard blieb auf dem Schlosse, er wurde von dem Schloßgesinde für einen Lehrer angesehen, der gezahlt wird, und ging mit seinem Zöglinge auf dem Berge herum. Da derselbe in das Jünglingsalter getreten war, hielt Bernhard dafür, daß er einige Zeit in Kriegsdienste gehe, daß er sich stärke und tüchtig werde: aber als er bald ungebändigte Neigungen und Leidenschaften bei dieser Beschäftigung verraten hatte, zog man ihn von derselben in kurzer Zeit wieder zurück. Er ritt nun in der Gegend nach verschiedenen Stellen herum. So kam er auch auf den Stauenfels und faßte eine heftige Neigung zu dem Kinde Gertraud von der Staue. Er ritt von jetzt an, wenn es seine Stunden erlaubten, zu jeder Zeit nirgends anders hin als aul den Stauenfels. Weder der Vater des Mädchens noch der Vormund wollten wegen der großen Jugend Prokops und Gertrauds in das Einverständnis willigen, aber die bewunderungswürdige Ausdauer Prokops in seiner Bewerbung und die unermeßliche Neigung des heranwachsenden Mädchens zu dem Jünglinge besiegten allen Widerstand. Der Vater selber beredete den Vormund, seine Einwilligung zu geben. Der finstere Flerenz von den Tennen legte eine Vormundschaftsrechnung über die Zeit seiner Amtsführung ab, welche alle Erwartungen bei weitem übertraf, dann ward Prokopus für volljährig erklärt. Wenige Wochen darauf hielt er sein Vermählungsfest auf dem Stauenfels, bei welchem Bernhard Vaterstelle vertrat, und führte dann die Braut voll Freude und Vergnügen auf den von ihr noch mit keinem Auge gesehenen Rothenstein, wie wir es im vorigen Abschnitte schilderten und wo sie sich auf dem Balkone bei dem Scheine der Sterne an die Herzen drückten.

Die Zeit zwischen der Volljährigkeitserklärung und der Vermählung wurde von Prokop zu lauter Vorbereitungen zu dem Feste verwendet, und da, wie wir sagten, alle frühere Vergangenheit sehr einförmig und in Abhängigkeit verflossen ist, so mußten die Gleise für die Zukunft, wie wir es bemerkten, noch nicht fertig sein und erst neue gemacht werden.

Das erste, was Prokopus tat, da die Festtagsgäste entschwunden waren, bestand darin, daß er Gertraud in allen Teilen seiner und nun auch ihrer Besitzungen herumführte und sie ihr zeigte und daß er daranging, diese Besitzungen zu verwalten und zu regeln.

Des Morgens nach der ersten Nacht, als die jugendliche Herrin die sanften grünseidenen Vorhänge von den Fenstern ihres Schlafgemaches zurückgeschoben hatte, bewahrheitete sich die Aussage ihres Gatten, und ein schöner Ring sanfter, wunderbarer Ferne lag um ihren Berg herum, der mit seiner frischen, herrschenden Grüne auf das holde Dämmern und Duften des unendlichen übrigen Landes wie ein König hinaussah. Schwalben kreuzten sich wie in der blauen Luft dahinschießende Funken, und in den entfernteren, hinabziehenden Gebüschen erscholl ein Freudenlärmen von singenden Vögeln, da sie den einen Fensterflügel für hereinströmende Luft geöffnet hatte; denn in dem Rolhensteine war es seit Jahren Gesetz, daß auf dem Berge kein einziger Singvogel getötet oder verfolgt werden dürfe. Da Prokopus hatte nachfragen lassen, ob seine

Gattin schon angekleidet sei, und solches bejaht wurde, holte er sie ab und führte sie zu den Gästen, um ihnen Aufmerksamkeit zu beweisen. Dies geschah an jedem Tage, solange noch einige da waren.

Als endlich Gatte und Gattin ihrem eigenen Ermessen überlassen waren, den Tag einzuteilen, wie sie wollten, ging Prokopus daran, ihr ihr künftiges Eigentum darzustellen. Erzeigte ihr den ganzen Altbau in allen seinen Räumen. Von dem großen Saale mit den Wandgemälden angefangen durch alle Gemächer und Gänge. durch ihre eigenen Wohnungen, durch den Balkonsaal, vor welchem noch die aufgerichtete Samtnische prangte, durch die Kapelle, durch die Pfarrerswohnung, ja durch alle Zimmer, in welchen Dienerschaft oder Gäste untergebracht werden konnten, führte er sie hindurch. Da sie durch die Eisenpforten eines Saales hinaustraten, öffnete sich ein sonderbarer Anblick. Das an den Saal stoßende Getäfel des Fußbodens, das Marmor war, hatte keine Decke über sich als den Himmel, und durch die Fenster des Zimmers schaute ebenfalls der Himmel herein. Das daranstoßende Gemach und die folgenden waren ebenfalls in dem nämlichen Zustande, dann kamen Mauertrümmer, Bogenstücke. Simse und Schutt, über dessen Böschung eine notdürftig vorgerichtete Treppe hinab ins Ebene führte. Es war dies der älteste Bau, an den man, gegen den Eichenhain vorschreitend, den neuen angestoßen hatte und der nun in Trümmern lag. Prokopus leitete seine Gattin die Treppe hinab in den alten Garten, der wieder zur Pfirsichzucht und anderem hergerichtet worden war und seltsam zwischen zwei Bogengängen fortlief, in deren obern Hallen sich bereits die Zweige der wuchernden Bergbäume, des Ahorns und der Ulme, hinein erstreckten. Prokopus führte seine Gattin auf dem wohlausgetretenen Wege, der in der Mitte des Gartens hinlief, bis zu dem Ende, an dem der große tote Stein lag. Er öffnete die äußere Pforte des Felsentores; er öffnete mit den zwei kleinen Stahlschlüsseln, die er im Samtfache mit sich trug, die innere und führte Gertraud in den roten Saal, welcher unterirdisch in Felsen gehauen war, in welchen sie als eine Angehörige des Berges hinein durfte und in welchem nach der Stiftung des alten Hanns von Scharnast die Lebenserzählungen sämtlicher Burgbesitzer lagen, daß sie von jedem neuen gelesen und mit der seinigen vermehrt würden. In Prokops Nische befanden sich erst einige wenige unbedeutende Blätter. --Ach, es sollten schon noch mehrere und düster schmerzliche hinzukommen. - - Das Licht von oben fiel durch die Kuppel einsam und ruhig an den im Sechseck gestellten Wänden auf den Boden hernieder und bestreifte im Vorbeigleiten die Stahltürchen und Goldbuchstaben zu den Nischen, in denen die Beschreibungen waren. Gertraud hatte in diesem Saale kein einziges – nicht ein Sterbenswörtchen gesagt.

Ihr Gatte führte sie neben dem roten Steine auch in den Kirchhof des Berges, auf dessen Stille die Wipfel der Lindenallee, die zu ihm führte, die grünen Wände des Eichenwaldes und die grauen Schutthügel des Altbaues hereinsahen. Sie gingen über das glatte grüne Feld mit den Gefühlen ganz junger Leute hin, für welche dieser Platz gleichsam gar nicht gemacht ist, und betrachteten das weiße Kreuz, das mitten auf dem gleichartigen Rasen von vier Linden umgeben stand. Prokopus führte Gertraud auch in den Sixtusbau, der glatt und fest von gehauenem Steine aufgeführt, als sei er von Eisen, hinter dem Eichenwalde stand und die Klausur der einstigen Burgfrau Hermenegild, der Gattin des Kreuzfahrers Ubaldus, die nach dem Tode ihres Mannes Nonne geworden war, dann mehrere Prunk- und Wohngemächer früherer Geschlechter und endlich den grünen Saal enthielt, in welchem alle Angehörigen des Berges in Lebensgröße gemalt waren. Gertraud sah alle Männer dieses Schlosses bis auf Prokopus herab, der noch fehlte, in Harnischen dastehen oder sich an Tische lehnen oder in reichen Sesseln sitzen. Sie sah alle Frauen und Jungfrauen in den fortschreitenden Veränderungen ihrer Gewänder, die oft wunderbar und zierlich genug waren. Sie betrachtete die nächsten, leeren Nischen, in welche Prokops und ihr Bild und vielleicht die Bilder derer kommen könnten, die den Kreis von zweien zu einem von vielen zu erweitern bestimmt waren. Jetzt standen sie nur erst zwei da, und in dem ungeheuren Saale, in welchem die Reihen von Männern und Frauen hinabglänzten,in welchem der glatte Serpentin und die Lichter und Hellpunkte der Gemälde durch hereingehende Tagfluten funkelten, erschienen sie klein und beinahe unscheinbar.

Prokopus zeigte seiner jungen Gattin auch andere Bauwerke des Berges, welche für die verschiedenartigste Dienerschaft, für Pferde, Wägen und dergleichen bestimmt waren, er zeigte ihr die lang hinlaufenden Mauerwerke, welche die Stufen des Weingeländes bilden und schwarz bemalt trotz der Höhe und trotz der kühlen Sonne doch die süßen Beeren des Berges reifen – er zeigte ihr die ungeheure Umfangsmauer des Berges. welche während achtzig Jahren in verschiedenen Zeiträumen erbaut worden war – er führte sie durch die verschiedenen Anlagen und deren Lustbauten – er geleitete sie durch den Fichtenberg, einen sonderbar ansteigenden roten Fels, der an seiner unteren, sanften Dachung mit dichten Fichten bewachsen und auf seinem Gipfel so glatt geebnet war, daß ein bedeutendes Gebäude auf ihm hätte stehen können; – er führte sie durch eine sanft geschwungene, grasreiche Wiese zu der Bergzunge empor, die schnell und fürchterlich gegen die Fichtau abfällt, daß unten grüne Waldeswogen hinausgehen, von manchem Wässerlein durchglitzert, und daß draußen rötlich blaulich der Grahns dämmert, der hinter dem Wirtshause der grünen Fichtau steht.

Sooft sie von solchen Besuchen und Gängen zurückkamen, saßen sie gerne in ihren kühlen, schattigen Zimmern – denn auf dem Berge begann es bereits heiß zu werden – und erzählten sich von ihrem Glücke und von der ungeheuern und unermeßlichen Größe desselben, die sie erst in der Zukunft erwartete.

Nächst dem, daß er mit seiner Gattin umging, widmete nun Prokopus auch einen Teil seiner Zeit der Bewirtschaftung seiner Güter und der Ordnung seiner Verhältnisse. Er war aus der Vormundschaft herausgekommen und fing nun an, alles zuerst genau kennenzulernen, um es dann in den Gang zu bringen oder vielmehr in demselben zu erhalten; denn das erkannte er sehr bald, daß der finstere Vormund, den er nie geliebt, ja kaum geachtet hatte, der selber bei den Nachbarn in keinem freundlichen Rufe stand, vorzüglich gut gewirtschaftet haben mußte. Obwohl er noch sehr jung war, so hatte er doch ein adeliges, stolzes und zuversichtliches Wesen, das ihm Achtung verschaffte, und hiebei eine solche mildernde Schönheit des Angesichts, daß ihm überall Liebe entgegenflog. Vorzüglich jung waren die Augen an ihm geblieben, daß sie noch beinahe so unbefangen und unschuldig in ihrer Größe in die Welt hineinsahen wie bei einem Knaben. Gertraud liebte diese Schönheit gar so sehr, und wenn er nach längerer Abwesenheit wieder nach Hause kam, konnte sie sich gar nicht satt sehen an seinen Zügen und an der Gewalt seiner Augen, und sie hing in Seligkeit an dem Empfangskusse seiner Lippen. Er entgegen lebte und webte in ihrem Innern und konnte sich nicht denken, daß es ein lieblicheres, unschuldigeres, holderes und reizenderes Weib auf Erden geben könne als Gertraud.

Ehe das erste Jahr der Ehe herum war, kam der bestellte niederländische Meister, um die beiden Bilder, Prokops und Gertrauds, für den grünen Saal zu malen. Es war ein Fest für beide und war zugleich eine heilige Handlung für ihre Nachwelt. Prokopus, in Verehrung der ernsten vergangenen Zeit, die überall in dem Saale dargestellt war, legte einen Harnisch an damit er in demselben gemalt werde, obwohl er sonst nie einen getragen hatte. Gertraud, in der kindlichen und kindischen Freude über die Sache und in der Scheu über ihren Ernst und ihre Bedeutung, war bald mutwillig in der Wahl ihrer Gewänder und Schleifen, bald waren sie ihr nicht würdig und einfach genug, bis sie sich zuletzt zu Prokops Freude von ihren Frauen in das Gewand kleiden ließ, das sie angehabt hatte, als sie mit ihm zum zweiten Male in der Kapelle des Rothensteines am Tage ihrer Ankunft war eingesegnet worden. Die Anfertigung der Gemälde geschah in dem großen Gemache des Sixtusbaues, das nahe am Eingangstore schon vom Anbeginne eigens zu dem Zwecke hergerichtet und mit allem Nötigen versehen worden war.

Endlich prangten sie in dem dunklen Serpentine und sahen als die letzten der Reihe in die Räume des Saales heraus.

Im zweiten Jahre der Ehe brachte ihm Gertraud das erste Kind, einen Sohn, den der Vater Julianus taufen ließ. Aber sonderbar war es: da er heranwuchs, zeigte sich die blonde Haarfarbe der Mutter auf seinem Haupte verfärbt und war rot. Die Augen hatte er auch von der Mutter, aber blaßblau.

Nach und nach begann es sich auch zu entfalten, wie das Unglück, dessen wir oben erwähnten, in dieses Haus. einzog.

Gertraud war bei ihrer Vermählung ein Kind gewesen. Ihre Innerlichkeit war eine Knospe und mußte sich erst entwickeln. Dies geschah. Wie die Rose eben eine Rose wird, so ward sie auch sie selbst. Keine Hand tat etwas hinweg, daß sie voller und herrlicher wurde oder daß sie schwächer und verkümmerter ausfiel. Prokopus liebte sie zu sehr, wie sie war, als daß er an eine Umbildung und Änderung gedacht hätte. So wuchs auch in ihm der Same auf, der schon in seiner Einzelheit lag und den er von seinen Vätern überkommen hatte. Beide bildeten sich zu dem, zu dem sie konnten.

Gertraud war eine tiefe, stille Natur, der alles klar, unverworren und eben sein mußte, sonst machte es ihr Pein. Sie klärte und ebnete daher alles, daß es blank und rein und übersichtlich dalag – und was sie nicht gewältigen konnte, stellte sie außer ihren Kreis, daß es gar nicht da war – und wer es ihr hereinbrachte, tat ihr feindliche Gewalt an, die sie wie ein Versuch ihrer Vernichtung berührte. Darum war auch in ihrer Wohnung ein Glanz der Reinheit und Ordnung, der mit ebenmäßiger Heiterkeit umfing – ihre Augen waren immer klar und gütig, ihr Haar auf das bestimmteste geordnet und ihr Anzug vollendet und rein. Sie liebte klare, ruhige und abgeschlossene Schönheit sehr und . hatte Widerwillen gegen jedes Gewaltverkündende, Anschreitende, Drohende. Sie konnte sich nicht verstellen, ja selbst um eine wohlgemeinte Überraschung hervorzubringen, konnte sie nicht anders sein, als sie war: So wie sie das Angreifende haßte, griff sie selber auch nie an, sondern setzte der Gewalt nur die stumme Unmöglichkeit entgegen, sie aufzunehmen. Nur in der süßesten, holdesten Stunde der Herzenshingebung und Schmelzung brachte sie es zuwege, daß sie einige leise Töne anschlug von dem, was sie schmerzte, was ihr wehe tat und was sie bei dieser oder jener Gelegenheit dachte – und selbst da war es, als ließe sie nur mit Scham diese wenigen Andeutungen aus ihrem Innern hervorgehen. Ihre Welt war in ihrer Seele gebildet. und so hielt sie dieselbe wie ein Kleinod und hütete sie, daß sie die andern nicht kannten und ahnten – und sie selber kannte sie nicht. Sie wußte nicht, wie ihr Inneres sei, wie sie dasselbe bilden möge und was sie tun solle, um die Umgebung glücklich zu machen – nur das eine wußte sie, daß sie ihren Gatten über alles und mit einer Inbrunst und Überschwenglichkeit liebe, von der sie nicht begreifen konnte, wie sie nur in der Welt möglich sei. Er liebte sie nicht minder. Wie ein Bild der Anbetung – man möchte sagen der Abgötterei – betrachtete er sie und hatte auf der Erde keinen Wunsch, keine Freude, kein Entzücken als sie.

Und dennoch waren es diese Menschen, die sich wehe taten, die sich gleichsam wie mit schneidenden Messern die Gemüter verwundeten.

Prokopus war offener, heiterer Natur. Wie Gertraud alles in ihrer Einbildungskraft klar hatte, so hatte er es in seinem Verstande. Er fand für das Herz das Wort. Wo es zur Klärung von Wirrnissen oder Mißverständnissen nicht entgegenkam, da hielt er es für Verstockung und Trotz. Sein Geist war wie der von manchen seiner Vorfahren weitfliegend, auffordernd, angreifend, enthüllend, ungenügsam mit seinem Besitze und prüfend, ob er der rechte sei, eroberungslustig und freudig in Unbestimmtheit und Unendlichkeit, wo große Gewalten spielen, die hereindämmern und vielleicht einmal enthüllt werden würden.

So geschah es im Anfange ganz leise und unbedeutend, daß er etwas sagte, von dem sie dachte, daß er es eigentlich nicht hätte sagen sollen. Sie stand stille in der Fenstervertiefung oder sonst irgendwo – er kannte jedes kleinste Wölklein auf dem immer klaren Spiegel ihres Angesichtes, kam hiezu, und wußte er gleich nicht, woher das Wölkchen entspringe, so küßte er es doch weg – das will sagen: er meinte, daß alles verschwunden ist, weil sie nicht klagte und gut und duldend war – aber das Wölklein war doch da, sie hatte es sich nicht gegeben, sie konnte es sich nicht nehmen, und das allmählige Verschwinden desselben merkte er nicht.

Dann kam wieder heiterer Himmel und war lange heiter.

Aber die Spaltungen erschienen wieder und wurden tiefer. Wenn sie schwieg, wenn er in sie drang, zu sagen, was ihr fehle, und wenn sie es nicht sagen konnte, wenn er noch stärker drang, es unbegreiflich hieß, warum sie nicht rede, – und wenn er nach geraumer Zeit endlich abließ, sie fragte, ob sie gut sei, und sie durch Tränen antwortete, daß sie gut sei: so suchten beide die Einsamkeit und meinten, das Herz müsse ihnen zerspringen.

Einmal, da sie nebeneinandersaßen, da sie ihm mehreres von ihren Kleinigkeiten gesagt hatte, insbesondere, was ihr in der letzten Zeit an Arbeiten oder sonstigen Bestrebungen mißlungen war, da er so gut und lieb war, gerade gar so gut und lieb, wie sie es sich in früherer Zeit immer vorgestellt hatte, daß er sein müsse, wenn sie in seine Züge und in seine Augen geschaut hatte, sagte sie:»Lieber Prokop, sieh, du hast mir einmal versprochen, daß mir alle diese Dinge auf dem Berge schon gefallen werden – das will nicht kommen: schaue nur, wie das wüste Bauen ist; da haben sie gleich den ganzen Berg mit einer finstern Mauer umgeben und ihn von der andern Erde weggerissen – an unsere Wohnung sind die Trümmer des Baues, in dem die Voreltern gelebt haben, angeheftet, wie ein

Toter in einen Lebendigen – dann ist der verzauberte Garten und der sonderbare rote Saal – – und neulich bist du gar im Mondscheine über den Trümmerberg in den Garten hinab und in den Saal gegangen!«

»Liebe, sanfte, teure Gertraud«, antwortete er –»das ist ja schön, wenn man im Niederstrom des Mondlichtes durch die Male der Vergangenheit und neben den Zeugen der Gegenwart, den schwarzen, ruhigen, klumphaften, schweigenden Bäumen vorübergeht. Und was die Voreltern auf dem Berge taten, ist ja auch nicht bedeutungslos. Es ist groß, es ist schwunghaft und tüchtig wenn man versucht, auch im Reiche des Geistes zu weilen, zu ändern, umzugestalten und fremde Kräfte, bisher unbekannte, in sein Wesen zu ziehen – statt daß man bloß fortlebt in täglichem Ernähren und in ordentlichem häuslichem Wirtschaften. Das leuchtet ja mit klaren, hellen Strahlen!«

Sie nickte und schwieg. Er, der bei ihr gesessen war, war aufgestanden.

Sie dachte, er wird schon recht haben – aber, dachte sie, es wäre ja nicht unmöglich, daß der Berg wie ein anderes Haus wäre, das so in seinem Garten oder auf seiner Wiese steht, und dann liegt die ganze Welt um dasselbe herum – oder daß der Schutt an unserer Wohnung weggeräumt würde und der Garten geordnet, daß das Schloß an seinen frischen Bäumen stünde, wie der Stauenfels – oder es könnte sein, daß die Lebenserzählungen, wenn sie auch geschrieben und gelesen werden müssen, wie das veraltete Testament befiehlt, doch in einem freundlichen Zimmer in schönen, feuerfesten Kästen liegen dürften.

Er ging in einer Weile hinaus und ging in den Eichenhain hinüber, in welchem die Damhirsche waren, die ihn kannten. Er fütterte sie auch heute, wie er sonst gerne tat, mit Brot aus seiner Hand.

Am meisten feindlich schien ihr Bernhard von Kluen, der auf dem Schlosse geblieben war; er ergreife alles, zerstöre alles, aus den Sternen wolle er wilde Erdkugeln machen, wo es ist wie hier – er reiße sie auseinander und verwirre die Welt, daß sie nicht so schön sei, wie sie ist. Es waren bitterliche, lange Stunden; wenn die zwei Männer in das abgelegene Haus hinübergingen, das sie gebaut hatten, wo die Bücher waren und die Geräte und allerlei andere Sachen und wo sie sich vergnügten und ergötzten.

Als sie den ersten Knaben geboren hatte, war gerade der Tag Julianus, und Prokop ließ ihn so taufen. Ihr gefiel der Name nicht, sie hätte lieber Julius gesagt, aber sie schwieg und ließ es geschehen. Als sie den zweiten zur Welt brachte, wurde er, um ihrem Gedanken nachzukommen, den Prokopus mittlerweile doch erfahren hatte, Julius getauft, woher es kam, daß in der Familie die fast gleichen Namen Julianus und Julius waren. Sie war erfreut darüber und dachte nun den Knaben zu ihrem Liebling zu machen. Er war äußerst wohlgebildet; denn zu der Schönheit des Vaters, dem er fast Zug um Zug ähnlich sah, hatte er die außerordentliche Sanftheit der Mutter empfangen. Aber wie es oft seltsame Spiele in der Natur gibt: der Knabe neigte, da er heranzuwachsen begann, sich entschieden zu dem Vater, obwohl ihn dieser nicht eigens an sich zu ziehen suchte. So wie er ihm körperlich ähnlich war, erhielt er auch seine günstigen Anlagen, seine sonstige Art und Wesenheit und hing ihm unbedingt an. Gertraud ließ ihn fahren und ergab sich. Dennoch wandte sie ihm aus mütterlicher Liebe, weil er der Zweitgeborne war und daher von den großen Gütern wenig erben konnte, ihren Anteil zu, den sie nach dem Tode ihres

Vaters, ihrer Mutter und ihres Bruders von dem Allode derselben erhielt; die Lehen fielen zurück.

Als Prokopus durch den sogenannten Fichtenkegel, den kleinen, düstern Fichtenwald auf den Seiten eines Spitzberges, nicht nur einen Weg nach aufwärts bahnen ließ, sondern auf der Abplattung des Gipfelfelsen auch einen zackigen Turm zu erbauen angefangen hatte, von dem er sagte, daß er von ihm aus auf die Sterne schauen werde, und als er oft viele Stunden auf de Steinplatte stand und dem Baue zuschaute, saß der Knabe neben ihm, und die wunderschönen Haare kräuselten sich lieblich in dem Zuge des Windes.

Gertraud hatte dem Gatten auch noch drei Töchterlein nach den zwei Knaben geboren. Sie waren sehr sanfte, holde Wesen, und man beschloß, wenn sie größer geworden wären, alle Kinder malen zu lassen und in dem grünen Saale neben die Eltern zu stellen, so da die Mädchen gleich neben dem Vater stünden und dann die zwei Brüder kämen.

Das einzige Süße in dieser harten Zeit war, daß Prokopus, wenn sie sich längere Zeit nicht gesehen hatten, wenn sie getrotzt hatten, zu Gertraud hinüberzugehen gedrungen war, um das abgeweinte Angesicht zu küssen; denn wenn sie von seinen Augen getrennt war, dann stellte ihm sein Gedächtnis all das Liebe und Holde, das Unschuldige und Hülfsbedürftige dar, das sie hatte. Dann drückten sie die Lippen so heiß zusammen, dann hielten sie sich so fest in den Armen und das Drücken an das Herz war so liebeversichernd, daß sie meinten, sie könne ja doch kommen, die schöne, selige Zeit, – es wäre so leicht und, ach mein Gott, es besitzen sie so viele.

Aber sie kam nicht – sie entfernte sich nur noch mehr. Die außerordentlich schönen Haare Prokops hatten sich endlich schon mit Grau gemischt, und das liebliche, zarte, klare Angesicht Gertrauds hatte die vielen Fältchen überall und allüberall bekommen, die anfangs kaum sichtbar sind und doch der Blüte den Oberhauch des Welken geben, dann aber deutlicher hervortreten und im Glücke ehrwürdig machen, im Unglücke aber noch trauriger sind.

In dieser Zeit geschah ein merkwürdiger Fall auf dem Schlosse Rothenstein. Bernhard von Kluen starb. Gertraud, welche ihn immer mehr und endlich ganz entschieden haßte und diesen Haß vermöge ihrer klaren; unfalschen Natur nicht verbarg, hatte eine unverhohlene Freude darüber; denn jetzt, dachte sie, würde ihr ihr Gatte ganz angehören. Als man den Körper, den man einbalsamiert und mit schönen Kleidern angetan hatte, von dem Rothensteine unter Gepränge und schwarzen Behängen fortführte, sah sie durch das Fensterglas dem Zuge nach. Als eine Weile später Prokopus in ihr Zimmer trat und das unverborgene Vergnügen in ihren Zügen gewahrte, sah er sie zum ersten Male mit einem Blicke an, mit dem er sie noch nie angeschaut hatte. Er legte dann eine Abschrift des Testamentes Bernhards, die ihm gleich nach dessen Tode war zugestellt worden und in welcher ihm von Bernhard eine ungemein namhafte Summe, die er sich von seinen Einkünften erspart hatte, seiner Gattin Gertraud aber die Sammlung von Edelsteinen, die er ungefaßt, aber in den schönsten Stücken, die zu haben waren, zusammengebracht hatte, vermacht worden war, vor Gertraud auf den Tisch hin und ging fort. Er ging in das Bücherhaus hinüber und in demselben in die Kammer Bernhards, in der noch das schwarze Kleid auf einem Stuhle lag, wie er es ausgezogen hatte, als er krank geworden war, und weinte dort aus der bedrängten Brust siedend heiße Tränen um den verlorenen Lehrer, Freund und Vater.

Dann ließ er sich ein Pferd satteln und sagte den Dienern, er werde zwei Tage nicht kommen.

Er ritt über den Berg hinab und schlug den Weg ein, der ihn durch sein gebirgiges Waldrevier in die jenseits gelegenen, ebenen Länder führte. Als er durch die Fichtau ritt, waren schier alle, die damals den Brautzug angeschaut und ihn beneidet hatten, schon alte Männer, und die Kinder, die unbegreifend das Gewühl und den Prunk angestaunt hatten, waren erwachsen, waren in Geschäflen versorgt und hatten wahrscheinlich schon alles vergessen.

In der grünen Fichtau ritt er zu und ließ sich einen Trunk geben. Romanus und Ludmilla waren uralt. Sie saßen beide nebeneinander in der Sonne und lächelten. In dem Lächeln des Romanus war noch der alte Verstand und die gewisse Schlauheit, die er gehabt hatte, nur etwas schwächer und beruhigter: in Ludmillas Angesichte war nichts als die Güte, die Verstandesschwäche und die Unschuld. Ihre ganz silberweißen Haare sahen bei dem schwarzen Häubchen hervor, das man ihr aufgesetzt hatte. Romanus´ Haare waren, wenn es möglich ist, noch weißer und blendender geworden, nur dünner und schlichter waren sie. Damian trat, wie einstens sein Vater, mit dem Trunke in der Hand zu dem Grafen und lüftete das Käppchen. Unter demselben aber waren noch die schönen, braun glänzenden Locken. Er hatte ganz das Antlitz des Vaters; die Träumerei seiner Jugend war eine Art Sanftmut geworden, statt daß der Vater mehr eine gutherzige Schalkheit besessen hatte. Seine jüngsten zwei Buben standen da und glotzten den Grafen an.

Als derselbe wieder weiterritt, war es ihm bestimmt, auch noch den Rest der Familie der grünen Fichtau zu sehen. Die Vorhersage des alten Romanus war rascher in Erfüllung gegangen, als man gedacht hatte; der Weg

durch die Fichtau war ein Fahrweg geworden, schöne kurze Gebirgswägelchen rollten auf ihm, und nur noch selten, gleichsam wie ein übergebliebenes Altertum, hörte man das Saumglöcklein, das an dem Halse eines alten, mit Gepäck einherschreitenden Tieres hing. Auf diesem Wege begegnete dem reitenden Grafen an einer Stelle der Perniz, wo man recht schöne Geländer gemacht hatte, ein Wagen. Auf demselben saß ein vornehm bürgerlich aussehender Mann, der ihn leitete, der Lederermeister Albrecht von Perklas. Hinter ihm war die einst so schöne Lenore. Sie war kaum mehr zu erkennen. Zwar leuchtete von ihrem Antlitze noch immer die Frische, die Gesundheit und Freude, aber sie war fast zu dick geworden, eine wohlhabende, mehr in der Stube als auf dem Felde sich aufhaltende Bürgerin. An ihrer Seite saß ein erwachsenes Mädchen, ganz die einstige schlanke, feine, unsäglich edel gebildete Lenore der grünen Fichtau. Hinten waren noch zwei ziemlich erwachsene Buben und ein kleines Mädchen aufgepackt, die ganze Freude des Bürgerhauses, die zu den Großeltern hinausgeführt wurde.

Prokopus ritt vorüber; er ritt an dem entgegenrauschenden Wasser und an dem hereindunkelnden Grün der Bäume hinaus.

Die ganze Zeit, als er nicht zu Hause gewesen war, war Gertraud in ihrem Zimmer gesessen und hatte kreideweiß immer an Tüchern genäht.

3. Der Abend

Es ist nicht mehr viel zu sagen. Die natürlichen Dinge gehen ihren Lauf, wir mögen noch so großen Schmerz darüber empfinden. Es ist aber in unsere Macht gegeben, die Wesenheit dieser Dinge zu ergründen und sie nach derselben zu gebrauchen. Dann gehorchen uns die Dinge.

Die Kinder Prokops und Gertrauds waren erwachsen. Sie waren gemalt und in dem grünen Saale aufgestellt worden. Die drei Töchter, die schönsten Nachbilder der sanften Mutter, standen gleich nach Prokopus – dann kamen die merkwürdigen Brüder: Julianus im reichen Goldkleide, in einem kleinen, vergoldeten Harnische, widrigen Angesichtes, furchtbaren roten Bartes – Julius im grünen Jagdkleide, ein Bild edler, sanfter Schönheit mit auf das Kleid herabwallenden Locken. Wenn sein Vater, da er in diesem Alter war, das gleiche Gewand angehabt hätte, so wäre er Julius gewesen.

So standen die Bilder in dem grünen Saale: – es änderten sich gemach die Farben derselben, wie es ihre Natur ist, und Staub fiel darauf – und so werden sie stehen, wenn alles an den Urbildern längst in dem Laufe der Zeiten dahin ist. Jetzt werden sie noch immer aus Liebe zu den Personen gereinigt – einstens werden sie aus Liebe zu den Bildern gereinigt werden.

Die Töchter hatten geheiratet, hatten bedeutendes Gut mitbekommen, lebten sehr weit entfernt von den Eltern, schickten anfangs oft Botschaft, kamen selber manchmal – aber alles dieses wurde seltener: sie lebten bei ihren Männern, und die Eltern wurden alt – – sie hatten aber den Anfang der Ehe, die Einigung der Herzen zu demselben Klange noch nicht gefunden. Prokopus hatte schneeweiße Haare, in dem Angesichte Gertrauds waren die vielen, vielen Falten, und die klaren, guten Augen der Jugend schauten daraus heraus.

Mit dem Bildnisse Prokops war ein merkwürdiger Zufall geschehen. Es lösete sich ein Stück des Simses des grünen Saales und fiel herunter. Durch Anschlagen mit Rauhigkeiten und Zacken zerschmetterte und verletzte es das Bild so, daß es fast gänzlich vertilgt war. Prokopus hatte denselben niederländischen Meister, der es gefertigt hatte, kommen lassen, allein da dieser erklärte, daß das Gemälde nie völlig in einstiger Ähnlichkeit hergestellt werden könnte, ließ sich Prokopus in seinem Alter malen, stellte das Bild in den Rahmen und verbrannte das frühere. So kam es, daß man in spätern Jahren mitten unter den jungen Gestalten, wo Töchter und Mutter sich ähnlich sahen, den alten Mann mit weißen Haaren als Vater und Gatten fand.

Gertraud weinte bitterliche Tränen. »Also nicht einmal die Bilder«, dachte sie, »können in Vereinigung bleiben!«

Prokopus hatte den seltsamen Turm auf dem Fichtenkegel ausgebaut. Er hatte ihn mit Büchern, Werkzeugen und sogar mit Hausrat eingerichtet. Hieher ging er nun immer und schaute, mit einem Pelze angetan, nach den Sternen. Auch noch etwas anderes Sonderbares hatte er eingerichtet. Er zog von der Spitze des Turmes, wo eine Abplattung war, auf der er gerne im Winde und bei funkelnden Sternen saß, mehrere sehr dicke. und mit goldenem Drahte übersponnene Saiten bis an die Pflastersteine des Bodens nieder, auf dem der Turm stand, so daß sie schief vom Turme gegen den Boden gespannt waren. Diese Saiten tönten, wenn ein. Lüftchen oder ein Wind zog, über den ganzen Berg in mächtigen, wenn auch oft in leisen und eindringenden Tönen. Ja selbst in der Nacht, wenn alles schlief; tönte oft das tiefe Summen auf dem Berge. Er hatte eine Einrichtung getroffen, daß er den Kloben, auf welchem oben die Saiten befestigt waren, durch den Druck einer Feder niedriger stellen konnte, daß die Saiten schlotterten, wenn er wollte, daß sie keinen Klang geben sollten.

So ging die Zeit dahin.

Gertraud saß in ihren Zimmern und weinte über die Ungeratenheit ihres ältern Sohnes, den sie, da der jüngere sich von ihr wandte, mit Liebe hatte erziehen wollen. Die Söhne waren meist abwesend, weil Julianus herumschwärmte und Julius auf der Jagd war. Letzterer kam wohl öfter und war bei dem Vater, der schwieg.

Endlich legte sie das tränenschwere Haupt zur ewigen Ruhe. Prokopus härmte sich so bitter und furchtbar um sie, daß er ihr bald zur Grube folgte. Julianus schrieb im roten Saale unter die unvollendete Lebensbeschreibung seines Vaters: » † (gestorben) am dritten Tage nach dem Worte: Zirkelodem der Sterne.«

Was das Wort bedeuten mochte, kann man nicht enträtseln. Auch Verse hat man von ihm in dem roten Saale gefunden. Sie handelten über die Wunder der Welt. In dem Sternengemache des Turmes war eine kostbare Büchse, in welcher sich der grüne, vermorschte Schleier befand.

Alle Menschen in der Fichtau und weiter hin in dem Lande dachten, Prokopus sei ein sonderbarer, fast verrückter Mensch gewesen – da er so unverständlich gelebt, so sehr nach den Sternen geschaut und in der Nacht so unheimliche Musik gemacht hatte. Er ist, dachten sie, wie manche seiner Vorfahren. – Und die Sache wäre so einfach gewesen. Andere Eheleute hätten sich gefügt und sich nach ihrer Art glücklich gefühlt. Sie waren höher, liebten sich und machten sich unglücklich. Sie strebten, ach! so heiß nach Einigung – ein haarbreit Hindernis lag nur dazwischen, dieses kleine Haar war zu überschreiten; es ist so leicht – – aber gerade bei Wesen, deren Inneres ganz grundverschieden ist, ist das Haar am feinsten, weil jedes das andere nicht sieht, sondern nur sich und meint, es wäre die Einigung sogleich getan, das zweite dürfte nur sein wie das erste, was so natürlich wäre. So ist das feine Haar mit allem Ringen nicht zu vernichten – und so heißer die Liebe, so heißer der Schmerz.

Prokopus konnte nicht sein wie sein Lehrer Bernhard von Kluen, der groß und sanft war und ertrug.

Der bei allen Nachbarn verrufene Julianus hausete nun auf dem Berge, nachdem er einmal im Wirtshause zur grünen Fichtau mit Julius eine Zusammenkunft gehabt, mit ihm gekämpft und ihn um das Vermögen der Mutter betrogen hatte, worauf dieser in die weite Welt ging.

Lieblich, wunderbar, schön in dem Glanze der Sonne lag die Fichtau draußen und grünte und blühte und keimte immer fort und fort, wie die Jahre flossen, wie Julianus fortlebte und nach ihm Geschlechter um Geschlechter, daß sich die Herzen der Menschen daran erfreuten und daß sie ihren Kindern die Gaben geben konnten, die ihnen die reichen Berge brachten.

Des Wirtes Romanus Aussage, daß die Männer der grünen Fichtau immer sehr alt werden, schien wahr zu sein; denn er selber war im höchsten Alter gestorben, sein Sohn Damian war jetzt auch im höchsten Alter, und dessen Sohn, der nunmehrige Wirt, mit heiterem, fröhlichem Angesichte, verspricht, in die Fußstapfen seiner Ahnen zu treten. Es wohnt die Lust, die Gehäbigkeit und die Freude um dieses Haus.

Über tredition

Eigenes Buch veröffentlichen

tredition wurde 2006 in Hamburg gegründet und hat seither mehrere tausend Buchtitel veröffentlicht. Autoren veröffentlichen in wenigen leichten Schritten gedruckte Bücher, e-Books und audio-Books. tredition hat das Ziel, die beste und fairste Veröffentlichungsmöglichkeit für Autoren zu bieten.

tredition wurde mit der Erkenntnis gegründet, dass nur etwa jedes 200. bei Verlagen eingereichte Manuskript veröffentlicht wird. Dabei hat jedes Buch seinen Markt, also seine Leser. tredition sorgt dafür, dass für jedes Buch die Leserschaft auch erreicht wird.

Im einzigartigen Literatur-Netzwerk von tredition bieten zahlreiche Literatur-Partner (das sind Lektoren, Übersetzer, Hörbuchsprecher und Illustratoren) ihre Dienstleistung an, um Manuskripte zu verbessern oder die Vielfalt zu erhöhen. Autoren vereinbaren direkt mit den Literatur-Partnern die Konditionen ihrer Zusammenarbeit und partizipieren gemeinsam am Erfolg des Buches.

Das gesamte Verlagsprogramm von tredition ist bei allen stationären Buchhandlungen und Online-Buchhändlern wie z. B. Amazon erhältlich. e-Books stehen bei den führenden Online-Portalen (z. B. iBookstore von Apple oder Kindle von Amazon) zum Verkauf.

Einfach leicht ein Buch veröffentlichen: **www.tredition.de**

Eigene Buchreihe oder eigenen Verlag gründen

Seit 2009 bietet tredition sein Verlagskonzept auch als sogenanntes "White-Label" an. Das bedeutet, dass andere Unternehmen, Institutionen und Personen risikofrei und unkompliziert selbst zum Herausgeber von Büchern und Buchreihen unter eigener Marke werden können. tredition übernimmt dabei das komplette Herstellungs- und Distributionsrisiko.

Zahlreiche Zeitschriften-, Zeitungs- und Buchverlage, Universitäten, Forschungseinrichtungen u.v.m. nutzen diese Dienstleistung von tredition, um unter eigener Marke ohne Risiko Bücher zu verlegen.

Alle Informationen im Internet: **www.tredition.de/fuer-verlage**

tredition wurde mit mehreren Innovationspreisen ausgezeichnet, u. a. mit dem Webfuture Award und dem Innovationspreis der Buch Digitale.

tredition ist Mitglied im Börsenverein des Deutschen Buchhandels.

Dieses Werk elektronisch lesen

Dieses Werk ist Teil der Gutenberg-DE Edition DVD. Diese enthält das komplette Archiv des Projekt Gutenberg-DE. Die DVD ist im Internet erhältlich auf **http://gutenbergshop.abc.de**

Zeitfracht Medien GmbH
Ferdinand-Jühlke-Straße 7
99095 Erfurt, Deutschland
produktsicherheit@kolibri360.de